Kira & Saeki
「ハイブリッド～愛と正義と極道と～」

「なんだ、相当たまってるのか?」
くす、と冴木が笑うのに、
そういうわけじゃない、と言い返そうにも、
彼の爪が尿道をぐりぐりと割ってくる、
その刺激に堪らず声を漏らしそうになり、
なんてことだ、
と貴良は頭を抱えそうになっていた。
（本文P.158より）

Chara

ハイブリッド～愛と正義と極道と～

愁堂れな

キャラ文庫

この作品はフィクションです。
実在の人物・団体・事件などにはいっさい関係ありません。

目次

口絵・本文イラスト／水名瀬雅良

1

「おう、そいつがお前の代役か」

依頼人の田中《たなか》に導かれて入った古びたビルの地下階にあるその部屋は、貴良和也《きらかずや》が事前に彼から聞いていた芸能事務所のオフィスではなく、寒々しいコンクリート打ちっ放しの壁に囲まれた撮影スタジオだった。

下卑《げび》た笑みを浮かべながら貴良に近づいてきたのは、どう見てもチンピラとしか思えない男である。

「は……はい……っ」

貴良の背後で、田中が細い声で答えたかと思うと、

「そ、それじゃ……っ」

とだけ叫び、そのまま脱兎《だっと》の如く部屋を駆け出していく。

「ちょっと！　田中さん？」

なぜここで逃げるか、と慌ててあとを追おうとした貴良の目の前に、数名のチンピラが立ちはだかった。

「おっと、逃げる気かよ、兄ちゃん」

「約束は果たしてもらわねえとなあ」

口々にそんなことを言いながら向かってくるチンピラの手を貴良が振り払ったのは、ほぼ反射神経からといってよかった。幼い頃から道場に通っていた貴良は、見かけによらず柔道二段の黒帯保持者で、身の危険を察知した場合、考えるより先に身体《からだ》が動いてしまうのである。

「なんだぁ？　兄ちゃん、やる気かぁ？」

「そんな華奢《きゃしゃ》ななりして、逃げられるとでも思ってんのかよ」

貴良を取り巻くチンピラの数が、二、三名から四、五名に増える。

「ちょっと待ってくれ。話が見えない。俺は依頼人の代理で来ただけで……っ」

説明をしようとしても、次々と襲ってくるチンピラたちから我が身を防御するしかないような状況に追い込まれる。

何がなんだか。戸惑いながらも、殺気すら感じさせるチンピラたちの攻撃をかわすことに、貴良はいつしか本気になっていく。

自分がなぜこんな目に遭っているのか、冷静に判断するだけの余裕を最早なくしていた彼の脳裏には、ほんの数時間前、この場に来る理由となった先輩との会話が蘇《よみがえ》っていた。

貴良は『近藤《こんどう》法律相談所』に勤務する、二十九歳になったばかりの弁護士である。法科大学院の一年先輩に、現勤務先の跡取り息子である近藤操《みさお》がおり、常日頃から貴良に対しては過分なほどの世話を焼いてくれていた彼の強い引きで、業界では最大手といわれる今の法律事務所に勤務することとなったのだった。

その操に貴良は今朝、所用が入ったため自分の代理で依頼人の相談に乗ってもらえないかという要請を受けた。

「キラ、ちょっと頼みたいことがあるんだけど」

「なんでしょう、操先輩」

「実は今日、山田《やまだ》さんから至急の打ち合わせ依頼があってさ。午後に入っていた仕事を肩代わりしてもらえないかと思って。どうかな?」

申し訳なさそうに告げる操は、いかにも『お坊ちゃん』然の品のいい外見をした若き弁護士だった。身長は百八十センチ近くあり、ヨットが趣味のため日に焼けた精悍《せいかん》な顔立ちをしている。

法科大学院でも彼は相当モテていたが、なぜか特定の女性と付き合うことはなかった。その『理由』を貴良は期せずして昨日知ることとなったのだが、その際、非常にきまりの悪い思いをした彼は、こうして操のほうから普通に話しかけてくれたことにまずほっとしていた。

「いいですよ。今日の午後は特に予定がないですから」

それで快諾した貴良に対し、操もまたほっとしたように笑う。

「ありがとう。助かった。それじゃ、簡単に引き継ぐよ。依頼人は田中杏一《きょういち》君、父の知り合いの息子さんで、今年二十歳になった大学生だ。彼の依頼というのが……」

説明を続ける操の態度はやはり、昨日までとまるで変わらない。そのことに安堵《あんど》しつつ貴良は、急に引き継がれることになった依頼内容に耳を傾けていった。

依頼人である田中は先日、街で芸能事務所の社員を名乗る男にスカウトされ、事務所に連れていかれたところ、真っ当な会社ではなかったらしく、法外な金額のレッスン料を支払うという契約書に無理矢理サインをさせられてしまった。事務所のバックには暴力団がついているといった脅しも受けている。なんとかならないか、というのが彼の相談内容だった。

「芸能事務所の責任者と、今日の三時、先方に伺うということでアポイントメントを取っている。悪いがそこで話を聞いてきてもらえないか？」

「わかりました。田中さんが結んだという契約書の内容について教えてもらえますか？」

事前にチェックしておきたいと思い、貴良は操に問うたのだが、

「それが、田中君は契約書を渡されていないって言うんだ」

と操は顔を顰《しか》めた。

「渡されていない？」

「ああ、どうやら相当、怪しげなところのようだ。ネットで検索したが一件もヒットしない」

「要は詐欺ってことですか」

「限りなくその可能性は高いな」

頷《うなず》く操に貴良は、

「警察に届け出たほうがいいんじゃないでしょうかね」

と、彼としてはごく真っ当な提案をしたのだが、すぐさま却下されてしまった。

「最終的には警察に頼るのもやむなしだが、できることなら公にはしたくないとのことなんだ」

「……ああ、もしかして就職活動に響く、とかですか？」

そうでなければ親が著名人という理由か、と問い質《ただ》そうとした貴良に操はきちんとした答えを与えてはくれなかった。

「まあ、そのあたりだよ。ともかく一度話を聞いて来てもらいたい。それで警察に頼るしかないという判断となったら、僕に相談してくれ」

「わかりました。そうします」

要はあくまでも『代理』で余計な口出しはするなということだろう。察した貴良は笑顔で頷きはしたものの、内心では大手事務所のこういうところはやりにくいなと感じていた。

実は今担当している弁護についても、最初のうちは放置されていたはずが、最近では何かと所長や操ら先輩弁護士が口を出してくるようになっており、少々うざったく思っていた。

しかしそれを態度に出すほど貴良は世間知らずでもなければ子供でもなかったので、表面上は大人しく承知したふりをするが、実際彼らの指示は受け付けない、というスタンスを最近確立しつつあった。

「頼むよ」

操が少し不安げな顔となったのは、貴良のそういう考えを見抜いたためではないかと思われたが、自分から代理を頼んだという負い目があるからか、それ以上は何も言わず、依頼人、田中との待ち合わせの詳細を伝えてくれ、話はそこで終《しま》いとなった。

依頼人との待ち合わせ場所は新宿《しんじゅく》駅近くのコーヒーショップで、時間ぴったりに現れた田中から少し話を聞いたあと貴良は彼と共に歌舞伎《かぶき》町へと向かった。

田中は大人しそうな様子の学生だった。貴良が何を尋ねても『はい』『いいえ』でしか答えない。

彼の外見がいかにも芸能事務所にスカウトされたら即座について行きそうな派手なものだったため、見た目と性格にはギャップがあるなと貴良は思ったものの、緊張しているからだろうと解釈し、その緊張を和らげようと雑談をしかけたのだが、それでも、田中のリアクションは薄かった。

できることなら事務所に到着する前に、どういう契約を結んだのかとか、サインをしたときの状況など、詳しい話を聞きたかったのだが、田中の口は重く、なかなか会話が成立しない。

ちらちらと貴良の顔を窺《うかが》ってはくるのだが、話しかけるとすぐ目を逸《そ》らせてしまう。そうこうしているうちに、田中が契約を交わしたという芸能事務所に到着したのだが、彼が、

「ここです」

と示したのは古びた三階建ての小さなビルで、芸能事務所の看板はどこにも出ていなかった。

「ここ？」

三階の窓に貼《は》ってある文字を見るとローン会社が入っているようだが、どう見ても怪しい。

ここに連れて来られた時点で危機感を持たなかったのかと聞こうとしたときには、田中はすたすたと建物内へと入っていってしまっていた。

「ちょっと、田中さん」

何を急いでいるのかと貴良は彼のあとを追い、エレベーターに乗り込んだ。田中が押したボタンは地下一階で、地下に事務所があるのか、と思っていた貴良の目の前で、すぐさま指定階に到着したエレベーターの扉が開いた。

田中が無言のまま、エレベーター近くにあった扉を開く。貴良もあとに続いたのだが、扉の向こう、目に飛び込んできた光景には驚きのあまり、それまで心がけていた穏やかな口調を忘れ、厳しく田中を問い質してしまっていた。

「田中さん、どういうことです?」

田中は肩越しにちらと貴良を振り返ったものの、答える気配はない。芸能事務所ではなく撮影スタジオに連れてこられたことを尚《なお》も田中に問い質そうとしたそのとき、チンピラの一人が彼に、これはお前の代理かと声をかけたのだった。

「そ、それじゃあ……っ」

その一言を残して田中が出ていったあと、彼のあとを追おうとした貴良はチンピラに取り囲まれてしまったというわけだった。

「おい、ちょっと待ってくれ!」

いくらそう言っても、チンピラたちは聞く耳を持たず、貴良を取り押さえようとする。最初は避《よ》けるだけに留めていたが、きりがない上、苛立《いらだ》った彼らが本格的に自分に危害を加えようとしているのを察した貴良のほうもまた、攻撃に出ざるを得なくなった。

「女みてえな顔してるくせによぅっ」

殴りかかってくるチンピラの、その拳《こぶし》を受け止めたあとに足を払い、腹に拳を叩《たた》き込んで床に沈める。

「てめえっ」

一人倒したことでチンピラの怒りは一斉に煽《あお》られたようで、殺気立つ彼らが一気に襲いかかってくるのを身をかわして避けつつ、一人には拳を、一人には蹴《け》りをそれぞれ打ち込む。それでも襲ってくる彼らの一人を投げ飛ばしたところにちょうど撮影用のライトがあり、ガシャン、と物凄《ものすご》い音を立ててそれが倒れた。

「おい、大丈夫か？」

ガラスが割れた音が気になり、怪我《けが》はないかと視線をやった、その隙《すき》を突かれて拳が飛んでくる。当たる寸前のところでかわし、その腕を摑《つか》んで投げ飛ばすと、ちょうど向かってきた一人にぶちあたり二人して背後に飛んでいった。

そこにはもう一台のライトがあり、それもまた床に倒れる。またもガシャンと物凄い音がコンクリの壁に跳ね返る中、キリがないなと貴良が額の汗を手の甲で拭《ぬぐ》ったそのとき、凛《りん》とした声が室内に響き渡った。

「なんだ、この騒ぎは」

その途端、殺気立っていた部屋の空気が一変した。

「わ、若頭《わかがしら》……っ」

チンピラたちが一斉に姿勢を正したかと思うと、床に倒れていた連中をも仲間が引き起こし、いつの間にか室内に入ってきていた声の主の前に一列に並ぶ。

一体何が起こっているのか、と啞然《あぜん》としていた貴良には目もくれず、『若頭』と呼ばれた男は自身の前に並んだチンピラたちへと歩み寄ると、彼らをざっと見渡した。

厳しい視線にチンピラたちの背筋が一層伸びる。迫力あるその男の目は、実際視線を向けられたわけではない貴良をも緊張させるほどで、一体彼は誰なのだ、と貴良は男を観察し始めた。

室内にいたチンピラは、一人、高級ブランド風の派手なスーツを着込んでいた若造がいたが、それ以外の者は皆、いかにも『チンピラ然』とした、どぎつい色や模様のシャツにスラックスやジーンズという服装だった。

が、彼らを竦《すく》ませているその男の服装は、皆とは一線を画していた。仕立てのいい上質な濃紺のスーツで、ビシッとプレスされている。少し色のついたシャツとネクタイの組み合わせも実に上品だった。靴も綺麗《きれい》に磨き上げられており、髪型にも乱れはない。年齢は三十代半ばだ

ろうか。身長は百八十超で肩幅が広く足が長い。外国人モデルのような体型であったが、彼の顔立ちもまた、俳優かモデルかと見紛《みまが》うほどに整っている。

しかし彼の『目』は、芸能人のそれではなかった。

厳しすぎる双眸《そうぼう》は、抜群に整った彼の容姿を他人の目から遠ざけていた。見つめることすら恐ろしくてできず、目を伏せるしかない。目が合いでもしたら大抵の男女は恐怖のあまり震え出すに違いない。

まさに極道、というわけか、と感心していた貴良の視線に気づいたのか、男がちらと彼を見た。

「……っ」

やはり臆《おく》さずにはいられない、と目を逸らしかけたが、生来の負けず嫌いが頭をもたげ、逆に男を睨《にら》み付ける。男は一瞬、驚いたように目を見開いたものの、すぐに視線をチンピラたちへと向け直し、口を開いた。

視線が外され、一気に緊張が解けたあまり脱力感に襲われていた貴良の耳に、バリトンの美声が響く。

「坊ちゃん、これは一体どういうことです？　スタジオを使うという報告は何も受けちゃおりませんが」

『坊ちゃん』という呼びかけに違和感を覚え、目をやった先では、チンピラの中で一人だけスーツを着用していた若造が男の前で足を震わせていた。

「あ、あとから報告しようと思ってたんだよ。別にいいだろ？　俺だって組の利益に貢献してえんだよ」

『坊ちゃん』と呼ばれた若いチンピラの声が震えている。言葉遣いは丁寧だが、上下関係は『若頭』と呼ばれた男のほうが上なのだろう。

若頭が『坊ちゃん』と呼ぶということは、組長の息子なのではないか。ヤクザは世襲制ではないとはいえ、一応組長の顔を立てて丁寧語を使っているといったあたりか。そんなことを考えていた貴良の前で、男が『坊ちゃん』を問い詰めていた。

「AV撮影であがる利益なんて、たかがしれてます。それともなんです？　販売だけじゃなく脅迫のネタにでもする気ですか？　それこそ報告を受けちゃいませんが」

男の眼差《まなざ》しがますます厳しくなる。

「ち、違ぇよ。脅迫なんかじゃねえ。ちゃんと契約書だってあるんだ。なのにこいつがいきなり暴れはじめたんだよっ」

『坊ちゃん』はもう、すべての余裕を失っていた。ヒステリックに叫びながら、震える手でスーツの内ポケットを探り、折りたたんだ紙を取り出して男に突き出す。

「ね、念書だって交わしたんだ。俺は……俺はなんも、悪くねえっ」

　そう叫んだかと思うと、男にその紙を押しつけるようにして渡し、並んでいたチンピラたちに「い、行くぞ」と声をかけ、田中同様、脱兎のごとく部屋を駆け出していった。

「ちょ、ちょっと待ってください」

「若頭、すみません……っ」

　チンピラたちもまた恐怖に戦《おのの》きながら、男にぺこぺこ頭を下げつつ、若造のあとを追い部屋を出ていく。

「…………」

　あっという間に、地下室内には男と貴良の二人だけが残された。男は『坊ちゃん』に渡された紙を開いて読んでいる。

　先ほど確か、『契約書』と言っていたなと貴良は思い出し、もしや田中が結んだものか、と、気づいた。

「すみません」

　確かめたいと思い、声をかけたあと貴良は、男の目が契約書から自分へと移った瞬間、背筋に旋律が走るのをとめることができずにいた。

　やはり迫力がある。しかし、臆する必要はないはずだ。そう自分に言い聞かせ、貴良は気力を取り戻すと、それでも、コホン、と咳払《せきばら》いをしてから口を開いた。

「その契約書ですが、田中杏一さんが結ばれたものですか？」

「……お前は？」

男が真《ま》っ直《す》ぐに貴良を見据えたまま、問いかけてくる。その目線がスーツの襟元につけた弁護士バッジで止まったのを察しながら貴良は彼へと近づいていった。

「田中さんに依頼を受けた弁護士の貴良と申します。田中さんは芸能事務所と不当な契約を結ばされたことを相談にいらしたのですが、契約書というのはそれですか？」

「不当？　ごくごく真っ当に見えるぞ」

言いながら男がぺら、と手にした書類を貴良に差し出してくる。だが貴良が手を伸ばし、受け取ろうとすると、男は何を思ったのか、さっと手を引き、まじまじと貴良を見つめてきた。

「不当か正当か、拝見したいんですがね」

貴良も負けずに男を睨み返したあと、まだ名前を聞いていなかったことに気づき、問いかける。

「ところであなたはどなたです？　芸能事務所のかたですか？」

「芸能？」

男がまた、微《かす》かに目を見開く。少し薄めではあるが形のいいその唇の端が上がったが、笑みが浮かんだというのに男の目は未だ、厳しいままだった。かえって凄みが増した気がする、と怯《ひる》みそうになっていた貴良だったが、いかにも馬鹿にした口調で男が告げた言葉にはカチンときたあまり、いつもの癖で言い返してしまった。

「見えるのか？　俺が芸能事務所の人間に」

「いや、ヤクザにしか見えない」

「なに？」

男が眉を顰《ひそ》め、問い返す。一段と厳しくなった目つきに、しまった、と思いはしたものの、臆してばかりでは話は進まないと思い直し、改めて問いを発した。

「芸能事務所の人ではないんですね。その契約書を田中さんと結んだかたでしょうか？」

「いや、違う」

「じゃあ」

『違う』以上のことを言おうとしない男に対し、恐怖以上に苛立ちを覚えていた貴良が、再度男に名を問おうとしたその声に被《かぶ》せ、男が言葉を発した。

「弁護士さん、あんた、この契約書に何が書いてあるのか、知っているのか？」

「え？」

逆に問い返され、答える前に一瞬間が生じた貴良の目の前にぴらりとその契約書が晒《さら》される。

反射的に手を伸ばし、奪い取ったが、今回、男には取り返す意図はなかったらしく、貴良の必死な様子を見て、にやりと笑っている。

イラッときたものの、挑発だとわかっているため相手にするのはやめ、契約書を読み始めた貴良は思いもかけないその内容に驚き、つい、

「なんだって？」

と大声を上げてしまっていた。

それは貴良が操から聞いていたような、田中と芸能事務所との契約書ではなかった。AV、しかもゲイもののDVDの制作会社と田中との間で結ばれた出演に関する契約書であり、そこには芸能事務所の名も、法外なレッスン料についての記載もまるでなかった。

「どうなってるんだ……」

話が違うにもほどがある。呟《つぶや》いた言葉どおり、何がどうなっているのかと混乱していた貴良は、不意に声をかけられ我に返った。

「やはり内容については知らなかったみたいだな」

相変わらず、小馬鹿にしている感が濃い男の言葉に、またも貴良はかちんときはしたが、内容はともかく田中はこの契約書の締結が不当であると、それを言いたかったのかもしれない、という可能性に思い当たった。

無理矢理にＡＶ出演させられてしまうとは言えなかったのではないか。この場に本人がいないため確認は取れないものの、それをまずは確かめよう、と貴良は契約書から顔を上げ、男を見やった。

「どうした」

にやり、と男がまた、馬鹿にしたように笑う。

「……田中さんもまた、この契約書がＡＶへの出演に関するものだという認識がなかったんじゃないですか？」

「…………」

貴良の問いを聞き、男が一瞬、訝《いぶか》しそうな顔になる。やはり思ったとおりだったか、と貴良は己の考えに自信を持ち、それならまだ勝算はあるかも、と言葉を続けようとしたのだが、男の発言がその考えを根底から覆した。

「何を言っている？　田中杏一というのは有名なＡＶ男優だぞ。ゲイもののＤＶＤでは知名度が高い。知らないのか？」

「知るか、そんなこと！」

さも常識だというように言われたせいで、貴良は思わず大声でそう返してしまったあと、本当なのか、という疑念から男に問いかけた。

「嘘《うそ》じゃないだろうな？」

「嘘だと思うんなら自分で検索してみろよ。芸名は『小泉今日一《こいずみきょういち》』だがな。顔を見りゃわかるだろう」

「そんな……」

知名度が高くなるほど、ゲイもののＡＶに出演しているのだとしたら、今更『聞いてない』はないだろう。しかし、もしかしたらよほど彼にとって悪い条件が書かれているのかもしれない、と貴良は再度契約書を最初から最後まで熟読したが、酷《ひど》いと思われる条項は一つもなかった。

だとしたらどうして？　首を傾《かし》げるしかなかった貴良の目の前に、ぴら、と一枚の紙片が差し出される。

「これが念書だ」

「念書？」

なんの、と首を傾げつつ受け取った貴良は、そこに書かれた内容に驚いたあまり、またも大声を上げてしまったのだった。

「なんじゃこりゃー！」

「お前は本当に見た目を裏切るな。なんだそのレトロなリアクションは」

それを聞き、男が噴き出す。笑われているということはわかったが、そんなことにはかまっていられないほどの驚愕《きょうがく》に貴良は見舞われていた。

『念書』と書かれたその書類の文面は次のようなものだった。

田中杏一が自分の代役を今日、この時間に制作会社に引き渡す、代役には撮影内容についてすべて説明済みと書かれていたのである。

「代役って俺か?」

「そうだ。説明されていないとでも?」

呆然《ほうぜん》としつつ、念書を眺めていた貴良だったが、その念書をパッと奪い取られ、はっとして奪い取った相手を——男を見た。

「ああ、されていない」

「しかしそれが真実か否かは俺の知るところにない」

男が念書を眺めながらそう言い、最後に目線を上げてちらと貴良を見る。

「俺に『わかる』ことは、AV俳優が自分の代役を連れてきたことと、その代役がスタジオの機材をぶっ壊したということ、のみだ」

男の視線が貴良から床に倒され、ガラス部分が砕け散った二台のライトと、その下敷きになったビデオカメラへと移る。

「……あ……」

　確かに、誰が壊したかとなると、自分だろう。だがそれはチンピラたちが皆して襲ってきたからで——と言い訳することを貴良は潔しとしなかった。

「申し訳ない」

　頭を下げたあと、果たして男は謝罪すべき相手なのかという疑問を覚え顔を上げる。

　そもそも、この男は何者なのだ、という思いが顔に出たからか、ようやく男が自らの素性と名を明かした。

「冴木《さえき》だ。このビルの所有者、かつスタジオの管理責任者でもある青龍《せいりゅう》会の人間だ」

「青龍会……」

　名前は聞いたことがある。かなり大きなヤクザの団体じゃないか、と啞然としつつも貴良は、先ほどチンピラたちが呼んでいた男の役職は確か、とそれを呟いていた。

「……の、若頭……？」

「ああ。そうだ」

　男が——冴木がニッと笑い頷いてみせる。凄みのあるその笑みに、忘れていた恐怖感が蘇ってきていた貴良を更なる恐怖へと追い落とすような言葉を冴木は告げたのだった。

「弁償してもらえるよな？　この機材」

「え」

「詫《わ》びたってことはお前が壊したってことだもんな」

「いや、それは……」

自分だけが壊したわけでは、と今更の言い訳をしようとした貴良の言葉に被せるように、冴木がたたみ掛けてくる。

「撮影用ライト二機とカメラ一台、しめて千五百万といったところか。来週にも撮影予定が入っているからな。即金で払ってもらおうか」

「即金って」

いきなり目の前に突きつけられた高額な請求が、恐怖感を吹き飛ばした。

「無理だ、そんな……っ」

言い返した途端、またも冴木がたたみ掛けてくる。

「無理も何も、壊したものは弁償すべきでしょう、ねえ、弁護士先生」

歌うような口調で冴木がそう言い、にやり、と笑う。

「…………」

ヤクザだ。まさに。しかもとびきり悪質な。

今や貴良は、自分がとんでもない危機的状況に陥ってしまったと、自覚せざるを得なかった。

2

「さて先生……確か、貴良《きら》先生、でしたか。返済方法について打ち合わせますかね」

相変わらず凄みのある笑みを浮かべながら迫ってくる冴木《さえき》の要請をどう退けるか、貴良は必死で頭を絞ったが、これ、という考えは一つも浮かばなかった。

「ちょっと待ってくれ。確かに機材を壊したのは私です。が、それはおたくの組の連中が襲いかかってきたからで……」

言い訳は男らしくない、というポリシーを貫くには、千五百万は高額すぎた。しかも相手はヤクザである。このビルの三階には怪しげなローン会社もあった。

払うことを承知すれば即座に、そのローン会社で金を借りろと無理強《じ》いされる可能性は高い。利息は十一《といち》で、などと言われたら借財はとんでもなく膨れ上がる。弁護士の自分がヤクザのそんな手口にひっかかるわけにはいかない。そうした相談を受ける立場なのだから、と、貴良は相手にも非はあったのだと認めさせようと主張しはじめたのだが、彼の言葉を冴木は一刀両断、斬《き》って捨てた。

「彼らは先生、あんたが撮影に入るのに抵抗していると思っていたんだろう。何せこの念書があるからな」

「……しかし私はそんな説明は……」

聞いていない、と言ったとしても通用しないということは、冴木に再度指摘されずとも貴良にはよくわかっていた。

「……わかりました。ただ少し時間がほしい。明日、また出直すのではいけませんか？」

依頼内容が違いすぎることを、まずは操《みさお》に問い質そう。それには事務所に帰ることが先決だ、と考え告げた貴良の言葉は、あっさり却下されてしまった。

「なら念書を書いてもらおう。一千五百万、支払うことは了承したと」

「いや、まだ了承はできない」

念書を書けば確実に自分は千五百万の借金を背負うこととなる。確かに機材を壊した責任は感じているが、そもそも自分は田中に騙《だま》されてここに連れて来られたのだ。全額負担せねばならない理由はないだろう。なので念書は書けない、と突っぱねた貴良に、わざとらしいくらい大仰に驚いた口調で冴木が問いかけてくる。

「自分が壊したと一旦《いったん》は認めておいて、金は払わないとは。弁護士先生は法の目をくぐり抜けるノウハウがあると、そういうことですかね」

「そういうわけではありません。支払うべきものはきっちり支払います。ただ本件が『当然支払うべきもの』であるかは微妙なため調査をしたいのでその時間をくださいと、それをお願いしているんです」

言いながら貴良は、自分がいくらかは負担せねばならないであろう弁償額に内心頭を抱えていた。

もし全額弁償ということになれば、千五百万もの借金を背負うことにある。そうなった場合、今後の人生設計は大きく変わってくるに違いなかった。

それが半額でも相当の痛手である。ああ、これで独立の夢が遠くなる、と溜《た》め息をつきかけたそのとき、貴良の耳に、冴木の渋いバリトンが響く。

「金を払わなくてすむ道もあるぜ」

「え？」

ここで思わず貴良は冴木へと視線を向けてしまったのだが、そんな彼の目の前にぺらりと差し出されたのは、先ほど見せられた『念書』だった。

「ここに書かれているとおり、ＡＶに出演する、というのはどうだ？　出演料はとても千五百万には及ばないが、現役弁護士のＡＶ出演ともなれば相当話題になる。それでチャラ、というのは？」

「ＡＶって……無理に決まっているだろう」

一瞬でも、話を聞こうとした自分が馬鹿だったと脱力しつつ貴良は、つい素に戻り冴木に言い返してしまっていた。

「無理とは？」

冴木がどこまでもわざとらしく目を見開き問いかけてくる。

「今の話では『現役弁護士』を売りにするということだったが、ＡＶに出演した弁護士に依頼に来る相手がいると思うか？」

いちいち説明するまでもないだろうに、と言い捨てた貴良に対し冴木が、

「いや、他にも売りはあるぞ」

とにやりと笑う。

「他に？」

なんだ？　と問い返した貴良に向かい、冴木がいきなりすっと手を伸ばしてきた。不意な動きを避けそこね、顎《あご》を捕らえられることになった貴良はまず、自分が隙を突かれたことに愕然《がくぜん》としていた。

殴るといった攻撃性が感じられなかったことはあった。だとしても、大抵の人間の、自分に

対する動きの予測を貴良は立てることができた。

　今は時間がなくてより上位の段位を取得できずにいるが、柔道は三段の相手と組んでも八割方は勝った。相手の技を見切る力は断トツである、と、師範よりよく誉められてもいただけに自信を深めていたのだが、いくら大金を請求され気が動転していたとはいえ、こうもやすやすとパーソナルスペースへの侵入を許すとは、と半ば唖然としながらも冴木の手を摑み、顎から外させようとしたが、どれほど力を入れようとも彼の手はびくとも動かなかった。

　こいつ、相当の使い手だ。そうした相手はおおよその場合、一目で見抜くことができるのだが、今回は見抜けなかった、と貴良は、口元に笑みを浮かべながら自分を真っ直ぐに見据えてくる冴木を睨み返し、先ほどの彼の発言を問い質すべく口を開いた。

「俺の何が売りだというんだ」

『私』と名乗っていたのが『俺』になってしまったのは、それだけ貴良が余裕をなくしている証拠だった。それがわかるのか、冴木はさも馬鹿にしたようににやりとまた笑うと、貴良に手首を摑まれていることをものともせずに、その手でくい、と彼の顎を上げさせ、すぐ近くに己の顔を寄せつつ答えを与えた。

「当然、顔だよ、顔。それだけの美貌《びぼう》だ。『現役弁護士』の肩書きがなくても充分売れるんじゃないのか?」

「…………馬鹿馬鹿しい」

顔か、と吐き捨てた貴良は顔を背けようとしたが、冴木はそれを許さなかった。一層強い力で顎を摑み、無理矢理自分のほうへと貴良の顔を向けようとする。

それが嘲笑《ちょうしょう》するためだということは、直後に彼が発した言葉でわかった。

「なんだ、てっきり『そんなことはない』的な謙遜《けんそん》をしてくるかと思ったが。言われ慣れているので謙遜するまでもないってか？」

「…………」

実際、貴良は自分の顔が相当綺麗であることを自覚していた。幼い頃より『可愛《かわい》い』『綺麗』と老若男女から言われ続けてもきたし、また、女性にも男性にもモテてきた。

今まで告白された人数は数えられないほどだったし、顔を覚えていない相手も相当数いた。それだけの回数『好きだ』と告げられてはいたが、告白の内容は九割方同じだった。

『綺麗だから』

『一目惚《ぼ》れした』

等、皆が皆、顔のことしか言ってこない。もともと貴良は、恋愛について著しく興味が薄かった。愛だの恋だのを語っている時間があれば道場に行くか、または弁護士になるべく勉強をすることをずっと選んできたし、晴れて弁護士になったあとには、自分が弁護を担当しているクライアントにとってよりよい結果を出すべく動くことを優先させた。

その美貌に群がる女性たちを相手にしないでいると、今度は同性がわっと寄ってくる。男女を問わず、恋愛沙汰《ざた》には興味がないのだ、ということが周囲に浸透するまでには、ゆうに十年はかかった。

貴良自身は、自分でも、そして他人に対しても、顔の美醜についてはさして興味はなかった。好きな顔、嫌いな顔、というのもあまりない。なので自分の美貌を自覚はしていたが、それが自信に繋《つな》がりはしないのだった。

だがこうしてあからさまに揶揄《やゆ》されると、さすがにカチンときてしまい、僅《わず》かな隙を突いて冴木の手を払うと、キッと彼を睨み付けた。

「謙遜するようなことじゃないと思っているからだ。顔など弁護の仕事には関係ないからな」

「多少はあると思うぞ。裁判官も人の子だ。不細工より美人の言葉のほうに耳を傾けるかもしれない」

「そんなこと、あるわけがないだろう」

馬鹿馬鹿しい、と吐き捨てた貴良は、こんな与太《よた》話をしている場合ではないと即座に思い直した。

「ともあれ、一日待ってほしい。『美人』の言うことに耳を傾けてくれるというのなら頼む」

それじゃあ、と背を向けた貴良は背後から、

「待てよ」

と腕を取られ、またか、と冴木を振り返った。

少しも気配が感じられなかった。この俺が。容姿について『自負』といえるようなものは持ち合わせていないが、武道については幾許《いくばく》かの自信を持っていた貴良にとっては、自分が相手の出方を読めないということには、焦りを感じた。

「逃げも隠れもしない。ああ、そうだ」

その手を振り払い、ポケットから名刺入れを取り出そうとした貴良の耳に、笑いを含んだ冴木の声が響く。

「自分を『美人』と言い切る潔さが気に入ったよ。どうだ？　話によっちゃ、千五百万の請求を取り下げてやってもいいぞ」

「え？」

思わず声が弾みそうになったが、すぐに代替案は何かを察し、まだ言うか、と貴良は冴木を睨んだ。

「ＡＶには出ない。まだ俺は弁護士でいたいんだ」

「それはもう聞いた。違う。俺がその千五百万、肩代わりしてもいいと言ってるんだ」

「ええ？」

問い返したあと貴良は、この男に千五百万借りるほうが恐ろしいじゃないかと気づいた。

「全額弁償する必要があるかどうかの判断はまだ下してほしくない。状況判断ができ次第、すぐに連絡を入れるから……」

今日は解放してほしい、と言いかけた貴良の言葉に被せ、冴木が信じがたい言葉を告げる。

「だから、千五百万、全額チャラにしてやると言っているんだ。貸すんじゃない。チャラだ。どうだ？　話を聞く気になったか？」

「……うさんくさすぎるんだが」

千五百万という大金が『チャラ』になるなど、とても信じられない。それこそ臓器でも売れと言われるのでは、と身構えた貴良に向かい、冴木が告げた言葉は、どうにも『揶揄』としかとれないものだった。

「なに、簡単なことだ。俺をフェラでいかせてみろ」

「はあ？」

何を言い出したのだ、と眉を顰めつつ問い返した貴良に近く顔を寄せ、冴木が尚も彼を揶揄してくる。

「悪い話じゃないだろう？　お前と話しているうちに、出演する予定だったＡＶを観たくなった。プライドの高いお前が男に傅《かしず》き、奉仕しているところをな。データには残さないまでも、俺のこの目に焼き付けておきたくなったのさ。お前のフェラ顔を」

「……本気か？」

貴良が思わず問い返したのは、まさかその程度の行為で千五百万という弁償額が帳消しになるとはとても思えなかったためだった。

なので冴木が、

「勿論《もちろん》」

と笑顔で頷いたときには身を乗り出し、確認を取ってしまっていた。

「念書を書いてくれ。今すぐ。俺がフェラチオをすれば千五百万は請求しないと」

「なんだ、やる気か？」

冴木が驚いたように目を見開く。今までの、わざとらしいほどの大仰さが感じられないことに、貴良は内心、してやったり、という思いを抱いていた。

貴良はゲイではないので、同性に対しフェラチオをした経験はなかった。女性関係は人並みにはあるが、女性からフェラをされたこともない。彼が話に乗ったのは、その程度のことをするだけで千五百万支払わずにすむのなら、とそれに尽きた。

その前に提示された条件が、本名や弁護士であることを明かした上でのＡＶへの出演だったということもまた、大きかった。

自分が男相手にフェラチオをしたと知っている人物は、その対象である冴木のみ。当然ながら好き好んでやるようなことではないものの、それで千五百万を一切請求されずにすむというのは、貴良的にも実に美味《おい》しかった。

相手は当然できまいと思い、からかってきたのだろう。しかし一度口に出したのだ。実現してもらわねば困る。

男にフェラチオをした経験はないので、それがどれほどの苦痛を伴うものかはわからない。だが決して、千五百万の代替となるほどつらいものではないだろう。

それですむなら安いものだ。男としての尊厳はないのか、などという考えが頭を過《よ》ぎらないでもなかった。が、今、貴良は一件、少々難儀と思われる案件を抱えており、他のことにかかわりあっている時間はない、というのが正直なところだった。

一回。一回だけの辛抱だ。そうだ、念書には二度とかかわりを持たないという条項も加えてもらおう。

経験がないことが逆に、貴良にその決断をさせたのかもしれなかった。確かに屈辱的ではあろうが、それで支払い義務を逃れ、ヤクザとのかかわりも持たずに済むのであればそれを選ぶことに躊躇《ためら》いはなかった。

最悪なのはこの先もヤクザにつきまとわれ、弁護士の仕事に支障を来すことである。間もなく裁判に入ろうとしている案件もあることだし、そのためにも無駄な時間は過ごしていられなかった。

冴木に言われたように、貴良は確かにプライドの高い男ではあった。が、己のプライド以上に大切にしているのが、『依頼人』だった。

そもそも貴良が弁護士を目指したのは、この世から冤罪《えんざい》をなくしたいという理由からで、強い正義感と使命感を抱いていた彼は、常に全身全霊を込めて依頼人と向き合っていた。

今、担当している依頼人はまさに『冤罪』の危機に瀕《ひん》していることもあって、彼の弁護にあたるのに妨げとなる可能性のある事項は一つ一つ潰《つぶ》していきたいという考えもあった。

「やる。そのかわり念書を書いてもらいたい。千五百万はもう請求しないということと、あとは二度と私にかかわらないということ。その二点について」

「本当にやる気なんだな」

先ほどは素で驚いた様子の冴木だったが、貴良が条件について持ち出すと、途端にまたその顔には嘲《あざけ》りの笑みが戻った。

「念書を書くなら」

「書けと言うのなら書こう。しかし、正直興ざめだ」

肩を竦める冴木の発言の意味がわからず、貴良は、

「興ざめとは？」

と問い返した。

「いや、人は見かけを裏切るなと思っただけだ。清純そうな顔をして、実はユルユルだったんだなと」

「ユルユル？」

更に意味がわからないと首を傾げた貴良に冴木が、

「マタも緩いんだろうって話だ」

と解説してくれるにあたり、貞操観念のことか、とようやく気づいた。

「抱かせろと言ったら抱けたのか？」

重ねて問われたが、当然ながら貴良は「まさか」と首を横に振った。

「さすがに躊躇《ちゅうちょ》した。フェラチオだからやる気になった。今更、変えないでもらいたい」

きっぱり言い切った貴良の前で、またも冴木が少し驚いたように目を見開いた。

「驚いた。本当にやる気なんだな。お前にとっては抱かれるのは無理でも、フェラチオ程度なら躊躇いなくできるということだな？」

「程度も何も、やったことがないからなんとも」

「え？」

冴木の口から驚きの声が漏れる。人を食ったような笑みがその顔から消えたのは小気味がいいとは思ったものの、なぜ彼がそうも驚いてみせるのか、その理由までは貴良にはわからなかった。

「まあ、なんとかなると思う。さあ、念書を書いてほしい」

ここで『やはり「抱く」ほうに変更してほしい』などと言われたら困る。それで貴良は冴木に催促を試みたのだが、そんな彼を前に冴木はますます唖然とした顔になったあと——いきなり笑い始めた。

「これはいい。わかった。念書でもなんでも書こう」

笑いながらそう言ったかと思うと彼はすぐさまスーツの内ポケットから取り出した手帳を開き、白紙のページにすらすらと何かを書き付けたあとそのページを破り、貴良に差し出してきた。

「これでいいか？」

「…………」

綺麗な字だ、というのが貴良の第一印象だった。書かれていたのは『千五百万円（機材弁償全額）は支払い不要』の一文と、『冴木信』の署名だった。

「シン? ノブ?」

『サエキ』は『佐伯』だと思っていた。それに『信』というのは果たして本名か、ということも気になる。

信用できるぞ、という冗談ではあるまいな、と顔を上げ、冴木を見る。

「まことだ」

視線が合うと冴木はニッと笑い、名前の読み方を教えてくれた。

「いい名前だ」

信じる、と書いて『まこと』。ヤクザの名より法曹に身を置くような人間に相応《ふさわ》しい名じゃないか、と思い頷いた貴良に、冴木が問いかけてくる。

「キラ、というのはどう書くんだ？　吉良上野介《きらこうずけのすけ》の吉良か？」

「いや、貴族の貴に優良可の良だ」

「名前は？」

「和也。平和の和になり」

「貴良和也か。いい名前だ」

「……なんだ、からかってるのか？」

自分が『いい名前だ』と告げた言葉を揶揄だととられ、それでからかい返してきたというわけか、と貴良は少なからずむっとし、冴木を睨んだ。

「いや？　自分ではいい名前だと思わないのか？」

冴木が心外だというように目を見開く。

「あまり考えたことはなかった……」

なんだ、穿《うが》ちすぎかと反省していた貴良だったが、続く冴木の言葉を聞いて、やはりからかったんじゃないか、と先ほど以上にむっとした。

「貴族の貴に優良可の良。いかにも高貴な、いい名前じゃないか」

「……そっちこそ、『信じる』と書いて『まこと』だなんて、職業を裏切るいい名前だな」

それでつい言い返してしまった貴良を見て、冴木がそれは楽しげに笑う。

「あはは、確かに。弁護士にでもなったほうがよかったかもな」

「……ともあれ、この念書は有効なんだな？」

本当にもう、腹が立つ。人を馬鹿にすることしか考えていないのだろうか。腹立たしさをぐっと堪《こら》えると貴良は、一刻も早く『やるべきこと』をすませて事務所に戻りたいという願いからそう冴木に問いかけた。

「なんだ、もうやる気か？」

冴木がわざとらしく驚いてみせる。

「ああ。男に二言はない」

きっぱり言い切った貴良を前に、冴木はにやりと笑い何かを言いかけたが、すぐさま思い直したように微かに首を横に振ると、目で己の足下《あしもと》を示しつつ口を開いた。

「じゃあ、早速跪《ひざまず》いてもらおうか」

「わかった。但し……」

約束は守ってもらおう。そう告げようとした貴良の先回りをし、冴木が言葉を被せてくる。

「案ずるな。男に二言はない」

「……真似《まね》をしないでもらいたい」

やはり冗談にする気か、と眉《まゆ》を顰めた貴良に向かい冴木がごく当たり前のことを言うかのような口調で言葉を続ける。

「弁護士より極道のほうが『男』を売りにしている。お前が約束を守るのなら俺も必ず守るさ」

「弁護士だって男を売りにしているけどな」

「その美貌を武器に稼いでいると？　だからフェラチオをも厭《いと》わないのか？」

「しつこいな。フェラチオの経験はないと言ったはずだ」

ふざけている場合ではない。ここまで『男』を主張するのなら、約束を反故《ほご》にすることもないだろう。とっととすませてとっとと解放されたい。その思いから貴良は冴木の前に進み跪いた。

「プライドよりも実をとる、か」

冴木が貴良を見下ろし、目を細めて笑う。

「約束は守ってもらう」

貴良もまた冴木を真っ直ぐに見上げそう告げたあとに、これからどうすればいいのかと暫《しば》し迷った。

と、冴木がスーツの前を開き、スラックスのファスナーをゆっくりと下ろす。中に手を入れ彼が取り出したその雄を見て貴良は初めて、自身の選択を悔いた。

既に勃《た》ちかけている雄は同性としてはやっかまずにはいられないほど逞《たくま》しく、そして立派だった。

あれを口に入れるのかと思うと、さすがに躊躇《つぼ》いを覚える。が、それこそ『男に二言はない』ことを証明せねば、と貴良はごくりと唾《つば》を飲み込むと、ほら、というように雄を貴良へと向けてきた冴木に頷き、その雄へと手を伸ばしていった。

両手で雄を支え、口を近づけていく。むっとくる青臭い匂《にお》いについ顔を顰めてしまうと、頭の上からくすりと笑う冴木の声が降ってきた。

「臆したか？　男に二言はないはずだが」

「ああ、ないさ」

言い切ったものの、想像していた以上にキツいなと貴良は心の中で呟いた。

他人の雄など、しかも勃起《ぼっき》しかけた状態のそれなど、滅多に見る機会がないためまずは戸惑いが、すぐさまそのあとを嫌悪の念が追いかけてくる。

しかしそれこそ『男に二言はない』。これを咥《くわ》えさえすれば、千五百万を請求されることもなく、ヤクザとのかかわりは切れるのだ。やるしかないじゃないか。

心を決めるのにかかった時間は一瞬だった。何事も経験だ。自分の人生でこの先役に立つ経験とは決して思えないが。やってやろうじゃないか、と貴良は自分で自分にハッパをかけると、差し出された冴木の雄を握り、ええい、ままよと目を閉じそれを咥えた。

「……っ」

匂いに、そして口の中で一気に存在感が増したその感覚に、吐き気が込み上げてきた。が、なんとか堪える。と、頭の上から冴木の、揶揄していることを隠そうともしない声が落ちてきた。

「咥えてるだけじゃ俺はいかないぜ？　いかせるまでが約束だからな」

「…………」

わかっている、と閉じていた目を開き、冴木を睨み上げる。目が合った瞬間、口の中の彼の雄がまた、膨張したのがわかった。興奮しやがって、と尚も睨んだ貴良を見下ろし、冴木が歌うような口調で言葉を続ける。

「舌や顎を動かすんだよ。ああ、だが嚙《か》むなよ？　自分がされたらいきそうなことをすりゃあいい。同じ男だ。わかるだろう？」

「……っ」

わかるか、と悪態をつきたいが、口の中に逞しい冴木の雄を含んだままでは言葉を発するどころではなかった。

同性ならわかるだろうと言われても、した経験は勿論、された経験もないのでなんともいえない。自分が一番気持ちがいいと感じるところを攻めるか、と貴良は考え、先端のくびれた部分へと舌を這《は》わせた。

どうやら正解だったらしく、冴木の雄がドクン、と震え、口の中に苦みが更に広がっていく。喜んだのも束《つか》の間、ますます吐き気が増してきた貴良は、一刻も早く達してもらおうと少し雄を口から出し、露《あら》わにした竿《さお》を扱《しご》き上げた。

「……っ」

頭の上で冴木が息を漏らした音が聞こえる。口の中の苦い味も一段と濃くなっており、よし、

もう少しだと貴良は必死で舌を、指を動かした。

竿を勢いよく扱き上げ、舌で亀頭を舐《ねぶ》り回す。しかしなかなか達する気配がなく、早くしてくれ、という思いで顔を上げたとき、またも冴木と目が合った。

にや、と笑いかけてくる彼を睨む。と、冴木の手が伸びてきて、貴良の後頭部を押さえつけた。

「……っ？」

ぎょっとしたせいで、貴良の口の、指の動きが止まる。

「下手《へた》すぎだ」

冴木はそう言ったかと思うと、貴良の後頭部を押さえつけたままいきなり腰を突き出してきた。

「う……っ」

喉《のど》の奥まで雄を突き立てられ、息が詰まる。苦しさから呻《うめ》いた貴良の反応になどお構いなしとばかりに、冴木がやにわに腰の律動を開始した。

「……っ」

息苦しさと嫌悪から、貴良は堪らず顔を背けようとした。が、押さえつける冴木の手は緩まず、かなわなかった。

律動のスピードが上がり、頭の上で響く冴木の息づかいがやや上がってくる。冗談じゃない、人をオナホ扱いしやがって、と苦しさから涙が滲《にじ》んできてしまった目で再度冴木を睨む。と、ずっと貴良を見下ろしていたらしい冴木はしっかりと貴良の目線を捕まえた上でにやりと笑うと、一段と腰の律動を加速した。

「……っ」

間もなく、冴木の動きが止まった。微かな息を漏らした彼の、セクシーとしかいいようのない低いその声を聞いたと思った直後、口の中に不味《まず》いとしか表現し得ない液体が広がり、不快感から貴良はそれを吐き出そうとした。が、未だ冴木の、後頭部を押さえる手は緩まないどころか、もう片方の手であろうことか貴良の鼻を摘《つ》まんできて、口の中に溢《あふ》れる液体を飲み下さずにはいられないという状況を作り上げた。

なんでもいいから早いところ今の状態から脱したい。もう自棄《やけ》だ、と貴良は苦痛を逃れるべく、口の中に溢れる液体を飲み下した。

不味い。今まで口にしたどの液体より不味い。そして喉にひっかかる。嘔吐《おうと》しそうになっていた貴良の後頭部から、ようやく冴木の手が外れる。それで貴良は彼の足を押しやり身体を離すと床に両手をつき、ゲホゲホと激しく咳き込んだ。

そんな彼の耳に、相変わらず人を食ったような冴木の声が響く。

「どうだ？　人生初フェラをした感想は？」

「…………っ」

馬鹿にされた悔しさから、思わず顔を上げた貴良の目に、ちょうどスラックスのファスナーを上げ終えた冴木がニッと笑いかけてきた。

「……最悪だ」

『感想』を聞かれたので答えたというのに、冴木は一瞬、驚いたように目を見開いたかと思うと、直後に声を上げて笑いはじめた。

「これはいい。気に入ったよ、貴良先生」

あはは、と笑いながら冴木が手を伸ばし、未だ跪いたままでいた貴良の頭をぽんぽんと軽く叩いてくる。

馬鹿にするな、とその手を払い退《の》けようとした貴良の手を、冴木は逆に掴むと、立たせるべく、ぐっと引き上げてくれた。

「約束は守れよ？」

いつしか手の中に握り締めていた『念書』を示し、貴良が冴木に向かい、吐き捨てる。

「当然だ。男に二言はない。千五百万はチャラだ。それじゃあ、またな」

朗らか、としかいいようのない口調で冴木はそう告げたかと思うと、笑いながら部屋を出ていった。

「『また』⁉」

冗談じゃない、と貴良は慌てて『念書』を読み返し、そこに『二度とかかわらない』という一文を入れさせるのを忘れた、ということに今更気づき愕然となる。

「……しまったな……」

溜め息を漏らしはしたが、弁償がチャラとなったあとに、かかわりが生まれることはないか、と己を落ち着かせた。

まったく、酷い目に遭った。少しも早く口をすすぎたい、と思いつつ貴良もまた部屋の外に出、エレベーターを待った。

間もなくやってきたエレベーターに乗り込み、地上を目指す。まずは操から教えられていた田中の携帯に連絡を入れて、と思いながら建物の外に出て、携帯を取り出そうとしたそのとき、目の前にいきなり人影が差したものだから、貴良はぎょっとして顔を上げた。

「……あ……」

貴良の目に、今の今まで共にいた冴木が、ミネラルウォーターのペットボトルを差し出している姿が映る。

「お疲れ」

冴木は貴良にそのペットボトルを押しつけるようにして渡すと、建物前に停《と》めていた黒塗りの車に乗り込んでいった。いかにもな『ヤクザの車』を見送る貴良の口から、思わず言葉が漏れる。

「なんなんだよ、一体……」

手の中のペットボトルを見下ろす貴良の脳裏に、屈辱に塗《まみ》れた行為が一気に蘇る。

「いるかっ」

堪《たま》らず叫び、ペットボトルを投げ捨てようとした。が、ペットボトルに罪はないと思い直し、キャップを開けた。

ごくごくと水を飲み下す貴良の脳裏に、冴木の人を食ったような笑みが蘇る。

『お疲れ』

何が『お疲れ』だ、と心の中で悪態をつきはしたが、もう彼との因縁はないのだから、と貴良は、気力で一連の出来事を忘れようとした。

大切なのは、今、自分が担当している『仕事』だ。あの恥ずかしい、そしてつらすぎた行為は、密室の中で起こったことで、知るのは当事者の二名のみ。自分と冴木だけだ、と思うと少しだけ気持ちが楽になった。

済んだことは忘れるのが一番だ。屈辱的な出来事ではあったが、あれしきのことで今後、ヤクザから取り立てを受ける危険がなくなったと思えば安いものじゃないか、と思う貴良の頬《ほお》にはようやく笑みが浮かびつつあった。

まさかこの先、二度とかかわることはあるまいと思っていた冴木との繋がりが生まれることになろうとは、未来を見通す力のない貴良にわかろうはずもなく、まったく、酷い目に遭ったと思いながら彼は、すぐさま留守番電話に繋がってしまった田中の番号に電話をかけ続けたのだった。

3

翌日、出社した貴良《きら》はまず操《みさお》と連絡を取ろうとしたのだが、急遽《きゅうきょ》入った大阪《おおさか》出張のため、今日一日、事務所には来ないと知らされ、唇を噛《か》んだ。

あれから田中《たなか》に何度となく電話を入れたが、無視をされて終わっていた。それなら、と、操の携帯に留守電を残すも、折り返しの連絡はなかった。

そもそも、操は田中が嘘を吐《つ》いていたことを知っていたのか。知っていれば当然、代理など頼まなかっただろうから知らなかったに違いないのだが、それならなぜ昨日からまったく連絡が取れないのかと、それを貴良は気にしていた。

操の説明では、田中は彼の父である所長の知り合いの息子ということだった。それが事実であれば、近藤《こんどう》所長の知り合いのご子息がゲイビデオの人気AV男優ということになる。

そもそも、田中の相談内容というのはなんだったのか。彼が暴力団と交わした念書になぜ、代役を連れていくなどと書かれていたのか。

考えれば考えるほど、これは『仕組まれた』ことではないかと思われるのだが、一体誰が『仕組んだ』のか。それを確かめるには操を捕まえるしかない、と貴良はかなりしつこく操の携帯に連絡を入れもしたし、電話がかかってきたら自分に繋いでほしいと事務所の皆に徹底して頼んだのだが、昼過ぎになっても操からはなんの連絡もなかった。

ここまでくると最早、避けられているとしか思えない。しかしなぜ避けるのか。操に対する疑念が貴良の中では膨らんでいたが、さすがに操が『仕組んだ』とは信じられず、一体どういう事情があったのかを確かめられない状態が続くことに苛立ちを覚えていた。

しかし昼前に、間もなく裁判に入ろうという依頼人との打ち合わせの予定があったため、貴良は気持ちを切り換え東京拘置所《とうきょうこうちしょ》へと向かった。

貴良と今回の依頼人とは、直接の面識はなかった。貴良の高校時代の恩師にして柔道部の顧問でもある秋山《あきやま》から、かつての教え子のために力を貸してほしいと頼まれ、近藤所長の許可を得た後、弁護を担当することとなった。

依頼人の名は真木宏斗《まきひろと》という。貴良の四歳年上ゆえ、高校の通学期間は重なっていない。貴良のほうは相手を知らなかったが、真木は貴良のことを後輩から聞いて知っているとのことだった。

というのも貴良はその美貌と柔道の実力、加えて現役でT大に入学し司法試験に一発で合格したという卒業後の経歴もあり、母校ではかなりの有名人となっていたからである。

貴良は知らなかったが、恩師の秋山にとってはかつて担任をしていたという依頼人の真木は非常に印象深い生徒だったとのことで、彼が逮捕されたというニュースを観て、貴良に『力になってやってほしい』と連絡を入れてきたのだった。

弁護料も秋山が持つと言われ、恩師がそれほどの思い入れを持っているのなら、母校の先輩でもあることだし、依頼を受けようと貴良は快諾した。

真木が逮捕されたのは、殺人容疑だった。彼の勤務先が少々『特殊』だったことから、当初近藤所長はあまりいい顔をしなかった。そこを息子の操に間に入ってもらい、なんとか承諾を得たという経緯があったのだが、その『特殊』な勤務先というのが世間に広く名を知られている代議士、杉一馬《すぎかずま》の事務所であり、彼は杉の第二秘書を務めていた。

彼が殺したとされているのが、杉を取材中だったフリーのルポライター美波聡《みなみさとし》で、逮捕直後に真木は自白したという話だったが、貴良が接見した際には真木は、自分はやっていない、自白は警察に強いられたと主張してきて、やはり恩師の言うとおりだったかと貴良は内心安堵したのだった。

秋山が言うには、真木には気が弱いところがあり警察に恫喝《どうかつ》されて自白したのではないか、もしくは誰かの身代わりにでもなっているとしか思えない、とのことだったが、果たして真木は、秋山の推察どおり、厳しい取り調べに耐えられず、つい『やった』と言ってしまったとのことで、まったくなんたることだ、と貴良は義憤に燃え、なんとしてでも彼の無実を勝ち得るべく、三日にあげず拘置所に通っては真木から事件についての話を聞いていたのだった。

今日も午後一時に貴良は拘置所に到着し、真木への面会を申し込んだ。面談室に真木はすぐに現れ、貴良に向かい頭を下げた。

真木は三十過ぎとはとても見えない、線の細い印象を受ける男だった。初めて真木を見たとき貴良は、四歳年上と知っていたため、人違いかと驚いたほどで、シャツにスラックスという服装をしている彼は実は高校生であるといわれても充分通るほどだった。

色が白く、常におどおどとしているように見える。とはいえそれは、殺人犯として逮捕されているという状況がそうさせているのかもしれなかった。

黒目がちの瞳は大きく、顎が細く口も小さい。少年、というよりは少女のように見える彼の職業が代議士の秘書というのはなんとなく違和感があると思いはしたが、何度となく顔を合わせ会話をするうちに、頭の回転が非常に速く、しかも人好きがするとわかって、彼がその若さで有名代議士の一事務員ではなく『第二秘書』という役職についていることに貴良は納得したのだった。

「お忙しいでしょうに、毎度すみません」

今日も真木はいつものように貴良に対し、心から申し訳ないと思っている様子で頭を下げると、伏せていた目を上げ真っ直ぐに貴良を見つめてきた。

「気にしないでください。それより、事件当日について、もう一度頭から説明してもらえますか？　何度も申し訳ないけど、もしかして何か新しい発見があるかもしれませんし」

貴良がこの提案をしたのは一度や二度ではなかった。何度も聞いてはいるのだが、今一つしっくりこない。話を聞いたあとには所轄である新宿署へと向かい、担当刑事から話を聞くというのがすでにお決まりのコースとなってはいるのだが、今日も貴良はそのコースを進もうとしていた。

「わかりました」

何度目であっても、真木は面倒くさそうな素振りを欠片《かけら》ほども見せない。そうしたところもまた、代議士の秘書っぽいなと思いながら貴良は、もう何度も話しているため、もしや暗記しているのでは、と思われるような流暢《りゅうちょう》さで話し始めた真木の言葉に耳を傾けた。

「事件の夜、事務所には僕一人が残っていました。翌日から先生がお国入りされるので、その準備に追われていたのです。ルポライターの美波さんがやってきたのは午後十時過ぎでした。アポイントメントはなく、突然先生を訪ねて来られたのです。実は美波さんが事務所に来たのはあのときが初めてではありませんでした。なんでも先生のスクープを狙《ねら》っているとのことで、事務所の人間から手当たり次第、話を聞こうとしていて、非常に迷惑を被っていたんです」

「スクープの具体的内容ですが、やはり思い当たりませんか？」

この問いも何度も繰り返した。そう思いながら貴良がここで口を挟む。

「……はい。美波さんから質問をうけたスタッフに話を聞いたのですが、女性関係を聞かれた者もいれば、政治献金について、聞かれた者もいました。それからお子さんの進学先についてもあったかな……ともかく、一貫していないんです。単なるあら探しのようで、嫌がらせではないか、としかやはり思えないんです」

眉を顰め、そう告げる真木に貴良は、何度となく繰り返した質問を再び口にした。

「嫌がらせだとしたら、誰によるものか、心当たりはありますか？」

「野党の人間としか……先生が個人的に恨みを抱かれているとは、やはり思えないんですよね……」

真木は今回も、今までと寸分変わらぬ答えを返したあと、事件の夜について、話を戻した。

「……日頃から迷惑に感じていた相手でしたので、応対はかなりつっけんどんになったと思います。先生はもう帰宅されたと言いましたら予想どおり美波は……失礼、美波さんは、私から話を聞きたいと言ってきました。お話できることは何もないと突っぱね、帰ってもらったんです。その後、私は零時近くまで仕事をし、事務所を出ました。事務所の鍵《かぎ》を閉めるときに確認しましたが、美波さんは事務所内にはいませんでした。誰もいなかったんです。なのに翌朝、僕が鍵を開けると事務所の中には美波さんの遺体があって……」

状況をまざまざと思い出したらしい真木が、ぶるっと身体を震わせる。

「胸を刺され殺されている美波さんの死体が、事務所のトイレで発見されたんですね。前日……ああ、当日か。夜中に事務所を出るとき、トイレも見ましたか？」

「勿論、見ました。無人でした。個室内もちゃんと見ています。僕が事務所を出るときには、美波の死体などどこにもなかったんです」

必死の形相で訴えかけてくる真木に貴良は、

「わかってます」

と答え、笑顔を向けた。

「トイレの床は清掃されていて、現場がそこであるかどうかはわからない状態となっていました。警察の見解は、犯人が指紋をはじめとする自分の痕跡を洗い流そうとしたというものでしたが、事件現場が実はトイレではなかったことを隠そうとしたという見方もできます。その点は新宿署に指摘し、殺害現場が確かにトイレなのか、他に可能性はないのかを調べてもらっていますので、どうかご安心ください」

「調べて……くれるでしょうか。新宿署の刑事たちは私以外に犯人はいないと思っている様子でした。防犯カメラの映像には、事務所を訪ねてきた美波さんの姿はあるが、出ていくところは映ってない、彼のあと、事務所を出たのは私だけだということで……」

そう告げ、唇を噛んだ真木を前に貴良は、新宿署の取り調べがいかに『決めつけ』によるものだったかを察し、心の中でふざけるなと悪態をついていた。

貴良が最初に新宿署に出向いたときにも、刑事たちの大半は聞く耳など持たない、という酷い対応を受けた。

運のいいことに捜査責任者である斎藤《さいとう》という、三十歳になったばかりの若きキャリアが、貴良に対し興味を持ってくれたおかげで、追加の捜査をしてもらえているといった状況となっていた。

「大丈夫です。警察だって真犯人を知りたくないわけがありません。冤罪は警察も避けたいはずですから」

力強くそう告げた貴良の前で、不意に真木が暗い顔になったかと思うと、ぼそりと、

「そうでしょうか」

と呟き、一瞬、二人の間に沈黙が生まれた。

「あ……すみません、取り調べのときのことを思い出してしまって……」

真木が我に返った顔となり、慌てた様子でフォローの言葉を口にした。

「酷い目に遭われたんですね……」

新宿署の刑事たちの顔を思い浮かべ、そう告げた貴良の前でガラス越しに、真木が尚も「申し訳ありません」と頭を下げる。

「いや、私も当初は彼らから随分、嫌な思い、しましたから。わかりますよ」

安心してください、と微笑《ほほえ》んだ貴良の目に、涙ぐむ真木の顔が飛び込んでくる。

「……すみません……ありがとうございます……ありがとうございます……」

『やっていない』

その言葉を信じてくれるのが本当に嬉《うれ》しい。最初に顔を合わせたとき、貴良の前で真木はそう告げ、はらはらと涙を零《こぼ》した。

真珠のごとく美しいその涙を見たときに貴良は彼の無実を信じ、必ず冤罪から彼を救ってみせると決意したのだった。

今日もまたその決意を新たにしていた貴良の頭に、それでは誰が犯人なのか、という疑問が浮かぶ。

そもそも、美波は事務所を出たのか。それとも事務所の中で殺されたのか。監視カメラに映らずとも事務所を出る術《すべ》はあった。裏口には監視カメラが設置されておらず、もし美波がそれを知っていたとしたら外に出ることはできたし、犯人が美波の遺体を事務所内に運び入れるこ

ともまた、可能だった。

しかし裏口を出たところの路上に監視カメラがあり、そのカメラに何も映っていなかったということで、美波が外に出た可能性も、彼の遺体が運び込まれた可能性もなしとされ、最後に彼と顔を合わせた真木が犯人とされたのだった。

死亡推定時刻が二十三時から翌日零時、ということがまた、零時過ぎに事務所を出た証拠が監視カメラの映像に残っている真木にとっては悪く働いた。

その上、厳しい取り調べに耐えられず、真木は自白している。最たる証拠といえる凶器のナイフは未だ見つかっていないが、警察が検察への送致に踏み切ったのも、検察が起訴に踏み切ったのも、わかる話ではあった。だがそれでも貴良は依頼人である真木を信じ、他に犯人になるべき人間はいないかを必死で探していたのだった。

「美波さんが特に親しくしていた事務所の関係者はいませんか？　または、彼に恨みを抱いている事務所内の人物に心当たりは？」

この質問も何度となく、繰り返し真木には投げかけてきた。

「……思いつきません。そんな……恐ろしい……」

ここで真木が項垂《うなだ》れるのも、いつものことだった。

「…………」

本当は何か、心当たりがあるのではないか。毎度、貴良にはそう思えて仕方がない。自分がその名を告げることで、今度はその人物が冤罪の危機に見舞われるのではと、真木は案じているのではないかと考えられた。

「恐ろしくはありますけれど、美波さんが亡くなっている以上、犯人は確実にいるはずなんです。あの状態はどう見ても自殺ではありませんしね。第一、胸を刺した凶器のナイフが見つかっていない。殺人に違いないとなると、犯人は犯した罪を償わねばなりません。それこそ人として。だから真木さん、もしも心当たりがあるのでしたら是非、教えてはもらえませんか？　お願いします」

頭を下げる貴良の耳に、細い真木の声が響く。

「すみません……本当に思いつかないんです……」

「……そう……ですか……」

未だ自分は、真木から信頼されていないと、そういうことなのだろうか。思わず溜め息を漏らしそうになっていた貴良の前で、真木が尚も深く頭を下げてみせる。

「本当に申し訳ないです。でも思いつかないんです。美波というルポライターのことをあまりに知らなすぎるんです。先生につきまとっているという認識はありましたが、それ以外のことはまったくわからなくて。なので本当に何も思いつかないんです。すみません。すみません

「……っ」

「………」

その言葉も何度も聞いた。実際、そのとおりなのかもしれない。杉の事務所の人間に聞き込んだ結果もほぼ、真木の言うとおりだった。

しかし、事務所とはまったく関係のない人間の犯行とはやはり、思えないのだ。無関係の人間がなぜ、防犯カメラの設置場所を知っていたか。知らなければ犯行後、姿をカメラに映さず逃げおおせることはできないはずである。それ以前の問題として、前夜、真木が施錠した事務所に忍び込むことも、また、逃げたあとに再度施錠することもできないだろう。

いくらそう指摘しても、真木は同じ言葉を繰り返す。

『本当にわからないんです……っ』

彼の言葉に嘘があるとは思えない。彼は犯人により、罠《わな》にかけられたのではないのか。そしてその犯人とは、事務所内の人間ではないのか。

本当に真木には心当たりがないのか。誰かを庇《かば》っているのではないか。積極的に庇ってはいなくても、自分の発言で誰かに疑いがかかるのを避けようとしているのでは。

間もなく裁判が始まるというのに、真犯人について、ヒントらしきものすら見出せないでいることに、貴良は正直、焦っていた。それで彼は頻繁に真木のもとを訪れ、彼から話を聞き出そうとしているのだが、得られるものは殆《ほとん》どなく、ますます焦燥感を煽られている、というのが現状だった。

突破口はどこにあるのか。やはり被害者をもう一度洗い直したほうがいいか。

美波についての調査は勿論、行なっている。が、それが必要にして充分に行われているかと問われた場合、胸を張ってイエスと答えられるほどの自信はまだ貴良にはなかった。

ここを出たら新宿署に向かう前に、美波の愛人に話を聞きにいってみよう。彼のもっとも濃い交友関係は六本木《ろっぽんぎ》のキャバクラでホステスをしている川村弥生《かわむらやよい》という名の女なのだが、恋人の仕事に対して無関心としかいいようのない彼女への今までの聞き込みから得られたものはほぼ、ないといってよかった。

それでも今日は新しい情報を得られるかもしれない。この時間ならまだ彼女はマンションにいるだろう。収穫は期待できないとはいえ、諦《あきら》めたら終わりだ。裁判までの限られた時間で有益な情報を得るにはひたすら動くしかない。

「わかりました。もし、何か思い出したことがあればすぐに教えてください。諦めずにいきましょう」

項垂れる真木にそう声をかけ、顔を上げさせる。

「貴良先生、本当に……ありがとうございます」

真木が感極まった顔になり、再度深々と頭を下げる。

「礼などいりません。弁護士として当然のことをしているまでです」

そうも恐縮するなら、事務所内で疑わしいと思う人物の名を告げてほしい。喉元まで込み上げてきたその言葉を飲み込むと貴良は、

「それでは」

と立ち上がった。

「……ありがとうございました」

ガラスの向こうで真木がまた、深く頭を下げ、貴良を見送る。

面会室を出た貴良の口から思わず、深い溜め息が漏れた。今日もまた、収穫なしかとがっかりしたからなのだが、溜め息などついているヒマはない、と、被害者、美波の恋人だった弥生のマンションに向かうべく、歩きはじめる。

彼女のマンションもまた六本木にあった。ここからどうやって向かおうか、と地下鉄のルートを考えながら建物の外に出た貴良は、駅へと向かって歩き出した途端、背後から近づいてきた車にいきなり横付けされ、なんだ、とその黒塗りの車を見やった。

少しの汚れもなくピカピカに磨き上げられた車の車種はベンツで、違法だろうにウインドウにはスモークが張ってある。

まさか。嫌な予感がする、と思いつつ、車の横を通り過ぎようとした、それより一瞬早く助手席のドアが開き、貴良の進路を妨げた。

「…………」

やはり嫌な予感は当たったようだ。助手席から降りてきたチンピラ風の男には見覚えがある、と、貴良は長身のその男を睨み上げた。男もまた貴良を睨み下ろす。

「なんなんだ、一体」

退《ど》け、と男に声をかけようとしたそのとき、貴良の背後で後部シートのウインドウが下りる音がし、聞き覚えのある——だが二度と聞きたくなかった男の声が響いた。

「先生、ちょっとお時間、拝借できるか?」

「……二度とかかわらないと約束しなかったか?」

話が違うじゃないか、と振り返り、睨んだ貴良の視線の先では、高級外車の中、冴木《さえき》が、相変わらず人を食ったような笑みを浮かべていた。

「自分に都合いいように記憶を改竄《かいざん》しちゃいけないな。昨日渡した念書のどこに『二度とかかわらない』なんて書いてある?」

冴木が呆《あき》れた口調でそう言い、大仰に肩を竦める。いかにも馬鹿にした様子の態度にむかつきはしたが、確かに彼の言うとおり『二度とかかわらない』という項目は、入れさせようと思って忘れたのだった、とすぐに思い出したため、貴良は潔くそれを認めた。

「そうだった……だがもう、かかわる必要はないはずだ」

「まあ、そう言うな。知らない仲でもないんだから」

はは、と冴木が笑い、後部シートのドアを開く。

「乗れ。話がある」

「俺にはない」

きっぱり言い捨て、前方は開け放たれた助手席シートのドアの前にチンピラが立ち塞《ふさ》がっているため通ることができなかったので後方を回ろうとする。と、それを見越したかのように冴木が大きく後部シートのドアを開き、貴良の進路を塞いだ。

「通報するぞ」

貴良がスマートフォンを取り出し、車を降り立った冴木に翳《かざ》してみせる。

「そう言わずに。お前にとっても有意義な話だ。聞いて損はないぞ」

車を降りた冴木が、貴良のすぐ前に立ち、スマホを握っていたその手を握り締めてくる。

「離せ」

まただ。隙を見せたつもりなどないのに、なぜこうも易々《やすやす》と動きを封じられてしまうのか。

苛立ちつつ、貴良は冴木の手を振り解《ほど》こうとした。が、そのときには既に手首を摑まれ、強く腕を引かれていた。

「おい、本当に通報するぞ」

ほんの一瞬の出来事だった。抵抗する間もなく、気づいたときには貴良はもう、後部シートに押し込まれてしまっていた。

一連の動きにまるで無駄はなく、しかも流れるような優美さだった。貴良の身体を引き寄せながら、閉めかけていた後部シートのドアを大きく開き、中に貴良を押し込んでから自分も車に乗り込みドアを閉める。二秒もかかっていないのではないか。感心したあまり貴良は抵抗を忘れ、まじまじと冴木を見やってしまった。

「ん？」

拒絶ではなく賞賛の目で見ていたことに、冴木は敏感に気づいたらしく、やや不思議そうに貴良を見返す。

「有段者だよな？　何段だ？」

「は？」

貴良の問いが意外だったからか、冴木が戸惑った声を上げ、目を見開く。素《す》っ頓狂《とんきょう》、まではいかないが、かなり高い声を上げたせいか、運転席と助手席に座っていたチンピラたちが、ぎょっとしたように後部シートを振り返ったあと、慌てた様子で視線を前に戻した。

「昨日も思ったんだ。相当の使い手だと。柔道だよな？　ああ、それとも合気道か？　何段だ？」

「…………」

勢い込んで尋ねる貴良を前にし、それまで声を失っていた冴木だったが、やがて大声で笑い始めた。

「これはいい。お前、本当に面白いな」

「……面白い？」

どこが、と問い返した貴良だったが、冴木が、

「出せ」

と再度後部シートを振り返ったあとにすぐさま前に視線を戻した運転手に対して命じたのを聞き、はっと我に返った。

「車を出されちゃ困る。降ろしてくれ」

感心している場合じゃなかった、と慌てた声を上げた貴良の横で、冴木がまたも楽しげな笑い声を上げた。

「面白い。本当に。実にいいキャラクターだ。笑って話にならん」

「なら降ろせ。コッチは話すことなどない」

「俺はあるんだよ。だがちょっと待て」

くすくす笑っていた冴木だったが、貴良が、

「待てるか」

と告げるとすぐさま自身の手を内ポケットに突っ込んだ。

「……っ」

拳銃でも出す気かと身構えた貴良の目の前に、さっと数枚の紙片が差し出される。

「……え？」

「読んでみろ」

折り畳んだ紙を目の前に差し出しながら、冴木が、さあ、というように目で促す。

「…………」

笑顔を向けてはきているが、彼からは少しも隙を感じられなかった。その上、車は今や時速四、五十キロで走行している。飛び降りるのは無理だということもあり、貴良は仕方なく差し出された紙片を開いた。

「……え？」

いきなり目に飛び込んできた自分の写真にぎょっとする。どうやら週刊誌の誌面のコピーらしいその内容に、貴良の目は釘付《くぎづ》けになっていった。

『大手法律事務所勤務、若手弁護士の意外な副業』

記事の見出しはそれだった。自分が何か『副業』をしているとすっぱ抜かれているようだが、貴良自身、ひとつも心当たりはなかった。

読み進むにつれ、信じがたい内容に思わず憤りの声が漏れる。

「なんだ、これは……」

そこに書かれていた内容は、貴良がゲイのＡＶ映画に出演しているというものだった。ご丁寧にＤＶＤのパッケージまでモザイクをかけられてはいたが載っている。

「な？　有意義だったろう？」

横から冴木に声をかけられ、貴良の意識が彼へと向く。

「……お前か？」

お前の仕業なんだな、と頭に血が上りかけた貴良に対する冴木の答えは実にあっさりしていた。

「違う。因《ちな》みにこれは『ゲラ』といってな、来週発売の週刊Ｂに載せるはずだったが結局はボツになった記事だ。なぜ、ボツになったか、お前にならわかるだろう？」

「…………え？」

ボツという言葉を聞いてほっとするも、なぜその理由を『わかる』と思われているのか、さっぱり見当がつかないでいた貴良の頭に閃《ひらめ》きが走った。

「昨日、撮影ができなかったから……！」

「ご明察」

つい、思いついたことを口に出してしまった貴良の、その言葉に対し、冴木がニッと笑い頷いてみせる。

「……待てよ……となると、昨日のアレは最初から記事にする前提で仕組まれていたってことか？」

既に『ゲラ』という、すぐにでも印刷できそうな状態にまで仕上がっているということはそういうことなのだろう。

察しはしたものの、誰が、何のためにそんな画策をしたのか、まるで見当がつかない。

「……どういうことだ……？」

思わず一人、呟いてしまった貴良の耳に、笑いを含んだ冴木の声がする。

「探らないか？　一緒にそれを」

「えっ？」

まさかの誘いに愕然としたあまり、貴良の口からは素っ頓狂ともいっていい声が漏れてしまった。

「一緒って？　お前と？」

「他に誰がいるっていうんだ」

面白いことを言う、と冴木がまたも笑い出す。

「…………」

強面《こわもて》かと思っていたら、さっきから笑ってばかりいる。とんだ笑い上戸だなと、貴良が呆れてしまうほど、冴木はまたも、くっくっと笑い続けている。

しかし呆れている場合じゃなかった、と貴良は、話が早く再開できるよう彼の笑いが収まるのをじりじりしながら待ったのだった。

4

「失敬。一年分は笑った」

貴良《きら》が睨《にら》めば睨むだけ、笑いを長引かせていた冴木《さえき》がようやく話を再開したときには、車は六本木《ろっぽんぎ》近辺に到達していた。

「……いい加減、降ろしてくれないか？」

なぜ六本木なのか。まさか自分の行き先を予測していたとでもいうのか、と内心眉《まゆ》を顰《ひそ》めつつ、貴良は冴木にきっぱりとそう告げ、協力しあう気などないということを悟らせようとした。

「まだ話は済んじゃいない」

だが冴木はあくまでも協力体制を取りたいらしく、貴良に向かい身を乗り出してくる。

「お前を嵌《は》めようとした相手を、一緒に探そうじゃないか。お前一人で探すより断然、効率的だぞ」

「それはそのとおりだろうが、できるわけがない」

ヤクザの情報網は警察をも凌《しの》ぐという話は貴良も聞いたことがあった。これから話を聞きに行こうとしていた被害者、美波《みなみ》の愛人、ホステスの弥生《やよい》に対しても、弁護士の自分よりヤクザの脅しを使ったほうが、より有意義な証言をとれるかもしれない。

だとしても、それは選んではならない選択肢だった。貴良はきっぱりと首を横に振った。

「なぜ？」

貴良の隣に座る冴木が、眉を顰め問いかけてくる。

言葉を選ぼうかと思った。が、どう言い繕っても結果は一緒か、と思い直し、貴良は思うところを告げることにした。

「ヤクザとはかかわりたくないからだ」

「なんだとぉ？」

それを聞いていきり立った声を上げたのは、助手席に座るチンピラだった。

「てめえ、若頭《わかがしら》が怒らねえからって、調子に乗ってんじゃねえぞ」

「宮部《みやべ》、お前の忠義心はわかっている。が、今は余計な口を出すな」

冴木が冷静に彼を制する。

「も、申し訳ありやせん……っ」

それこそ指でも詰めそうな勢いで詫《わ》びるチンピラに貴良はつい、注目してしまったのだが、確かに失礼な発言だったという自覚はあったため、改めて冴木に頭を下げた。

「気を悪くしたのなら謝る。申し訳ない。だが、ヤクザとかかわりがあると世間に知られた場合、弁護士としての信用が失墜するということは理解してほしい」

「てめえっ」

またも助手席のチンピラ——宮部という名らしい——が怒声を張り上げるのを、冴木が、

「落ち着け」

と制したあと、視線を貴良へと向け口を開いた。

「名より実を取ればいいじゃないか。昨日のように」

「……ああ……」

『昨日のように』が何を意味しているのか、貴良は即座に理解した。

「今は自分のことより依頼人のことを優先させたい。以上だ。さあ、車を降ろしてくれ」

言い放った貴良を冴木は暫《しば》し見つめていたが、また、くっくっと声を殺し笑いはじめた。

「面白い。実に面白い。気に入ったよ、貴良先生」

笑いながら冴木はそう言うと、何を笑われているのか今ひとつわからず眉を顰めていた貴良の、己の膝《ひざ》に置かれていた手を握り締めた。

「おい？」

何をする、とその手を振り払った貴良に対し、再び手を握った彼が、貴良のその手を自身の口元へと持っていく。

「おいっ！」

手の甲にキスをされ、再度、何をする、と怒声を上げたときには既に、冴木は貴良の手を離していた。

「今日は大人しく引き下がろう。だが忘れるなよ、先生。困ったときには言ってくるといい。お前にとって……いや、違うな。お前の依頼人にとってだって、悪い結果にはならないだろう」

そう告げたあと冴木は、運転席に声をかけた。

「停《と》めろ」

「は、はい」

運転手役を務めていたチンピラが、上擦った声を上げつつ指示どおり停車する。

「川村《かわむら》弥生の部屋は角のマンションの四〇二号室だったな。それじゃあな」

冴木がニッと笑ってそう告げ終わった瞬間、車は停まり、助手席から宮部が、慌てた様子で車を降り、貴良のいる側の後部シートのドアを開く。

「………」

行き先まで見抜かれていたとは。驚くと同時に、もしや弥生と既にコンタクトを取っているのでは、と貴良は思わず冴木を振り返った。

「睨まれるようなことはしていないから、安心しろ」

またも冴木が貴良の心を読んだようなことを言い、ニッと笑う。

「…………」

本当だろうな、と確認を取りたくはあったが、取ったところで嘘《うそ》か真実かの見極めができるような相手ではないと諦《あきら》め、貴良は何も言わずに車を降りた。

「またな」

閉めた扉のウインドウが下がり、奥のシートに座っていた冴木の声のみを届けたあと、車は走り去っていった。

そのまま見えなくなるまで冴木の車を見送ってしまっていたことに貴良は気づき、まったく何をしているんだか、と溜《た》め息を漏らした。

ヤクザになどかかわっている場合ではない。今は仕事に集中せねばとは思うも、やはり気にはなる、と、未だ手に握ったままになっていた週刊誌の記事の『ゲラ』を見やる貴良の口からまた溜め息が漏れそうになる。

昨日からの一連の出来事が『仕組まれた』ものであることは明白だが、一体誰が、なんのために仕組んだというのか。『なんのため』の一つは自分の弁護士生命を絶つことだろう。だがそれが『なんのため』なのかはわからない。

単なる私怨なのか？　人から恨まれる覚えはないのだが。記事を見ながら貴良は自分に対し恨みを抱いていそうな人間を考えはじめたのだが、すぐに、今考えたところで正解には辿《たど》り着かないと判断し、手にしていたそれをスーツの内ポケットへと仕舞った。

今、するべきは弁護を担当している事件背景を少しでも多く知ることである。自分を陥れようとしているのが誰か、などということはあとで考えればいい。

弥生のマンションまで来ていて、余計なことを考える必要などないだろう。自分にそう言い聞かせつつ、貴良はマンションのエントランスを入ると、弥生の部屋を呼び出すべくオートロックへと向かった。

手帳を取り出し、念のためにと弥生の部屋番号をチェックする。彼女の部屋は先ほど冴木が言ったとおり、四〇二号室だった。

やはりコンタクトを取ったのではないだろうか。余計なことを喋《しゃべ》るなと釘《くぎ》を刺したりしていないといいのだが。

「……待てよ……？」

もし、そのようなことをしていた場合、冴木、もしくは彼の所属している団体と被害者、美波の間になんらかの接点があるということになろう。

もし接点があるのだとしたら、美波殺害に関しても何かしらの情報を握っているかもしれない。いや、情報どころか、殺害自体にかかわっている可能性もあるのでは？

「……しまったな……」

あのまま返すのではなく、きっちり聞き出すべきだった、と悔やみはしたものの、今更遅い、と気持ちを切り換え、貴良は弥生の部屋のインターホンを押した。

弥生は部屋にいた。が、寝起きだから、と最初、貴良の訪問をあからさまなくらいに迷惑がってみせた。

それでも、と粘った結果、ようやく話を聞けることになったのだが、『寝起き』と言っていた割りには対面した彼女は、綺麗《きれい》にメイクした上で、身体《からだ》のラインがくっきりと出るワンピース着用という、その仕度のために渋ってみせたのか、という姿だった。

「もう、何回来ても一緒よ。美波とは付き合ってたけど、彼の仕事については何も知らないって、この間も言ったじゃない」

口を尖《とが》らせる、その顔に媚《こ》びが見える。前回も彼女は自分に対し、これでもかというほど色目を使っていたのだった、と内心肩を竦《すく》めながらも貴良は、顔には笑みを浮かべ、それでも、と彼女に問いかけた。

「なんでもいいんです。何か思い出したことはありませんか？　ちょっとした会話でもなんでも結構ですので……」

「なんでも結構って言われてもね……」

　特に思いつかないわ、と続けようとする彼女に貴良は、探りを入れてみることにした。

「ヤクザと……暴力団とのかかわりについてはどうです？」

「ヤクザ？　さあ。あったとしても驚かないけど」

「青龍《せいりゅう》会、もしくは冴木という名に心当たりはありませんか？」

「青龍会って、あの青龍会？　マスコミでもよく名前が出る？　そんな大きな団体が関係してるの？」

　やだ、怖い、と、青ざめた弥生の態度に、不自然なところはなかった。

「いえ、たとえば、です」

　慌てて言い足した貴良に対し、弥生がほっとした顔になる。

「びっくりした。美波さん、言っちゃなんだけど、そんな大それたこと、できるような人じゃなかったわよ。小遣い稼ぎにちょいちょいヤバい仕事、引き受けていたみたいだけど、青龍会なんて大きな組織が絡んでいるような感じじゃなかった。ケチな男だったのよ。哀《かな》しいくらいに」

そこまで言うと弥生は、はあ、と小さく溜め息を漏らした。

「殺されるような人でもなかったわ。まったく、何があったんだか……」

「……最近、美波さんに何か変わったことはありませんでしたか？」

この質問も前にもした。そのときには『特に思いつかない』という回答だったが、ヤクザの名を出したせいか弥生は、

「そういえば」

と新たなことを思い出してくれた。

「忘れてたけど、ヤクザは怖いって言ってたわ」

「怖い？　脅されていたんでしょうか？」

それこそ青龍会に、と勢い込んで問いかけた貴良に対し、弥生は「どうだろう？」と首を傾《かし》げてみせた。

「へらへら笑いながら言ってたの。ヤクザは怖い。でももっと怖いものがある。なんだかわかるかって」

「…………もっと怖いもの？　なんでした？」

その答えは、と問いかけた貴良だったが、返ってきた弥生の答えには失望せざるを得なかった。

「わからないわ。答えは聞かなかったから」

「どうしてです?」

貴良の口調が責めるようになったせいか、弥生は臍《へそ》を曲げてしまったようだった。

「どうしてって、別に興味なかったもの。美波さんも酔ってたし。いつもの大言壮語だと思ったのよ。それまでも何度も同じようなこと言ってたしね。俺は凄《すご》いこと知ってんだぞ、というアピールもよくしていたの。実際はたいしたことじゃなかったってパターン、多かったのよ」

だから興味を惹《ひ》かれなかった、と肩を竦めた弥生に、嘘をついている様子はなかった。

「ヤクザより怖いもの……」

それだけにリアリティがある。思わず呟《つぶや》いてしまったあと、貴良は彼女はどう思っているのだろう、とそれを問うてみることにした。

「なんだったと思います?」

「さあ。ありがちだけど、警察とか? ああ、もしかしたら弁護士とか?」

上目遣いに貴良を見る、弥生の目が潤んでいる。面倒なことになるより前に、という危機感に煽《あお》られ、貴良は彼女の許《もと》を辞すことにした。

「あるかもしれませんね。ありがとうございました」

とってつけたような礼を言った貴良に対し、弥生が途端に慌てた様子となる。

「冗談よ。怒ったの？」

「いえ、怒っていません」

色目を使われる危機から脱しようとしただけで、と心の中で呟いた貴良の前で、弥生が何かを思いだしたらしく、

「あ」

と小さく声を漏らした。

「なんです？」

引き留めようとしているのか？　そう思ったがゆえに問い返す声がおざなりになってしまっていた貴良だったが、弥生の発言は実に意味深なものだった。

「そういや美波も、あたしが何か言ったら怒ったのよ。なんだっけな……」

俺は怒っちゃいないが。美波『も』という言葉を気にしていた貴良の前で弥生が、

「あ、そうだ！」

と思い出した声を上げた。

「ジャーナリスト魂がどうこう、って、偉そうなこと言ってたから、とはいえお金でしょってからかったら、馬鹿にするなって。でも、結局は金だったはずよ。亡くなる前の数ヶ月は、これまでになく金回りよかったもの」

弥生はそう続けると、また何かを思いだしたのか、はあ、と溜め息を漏らした。

「……どうしました？」

何を言おうとしたのか。問いかけた貴良の前で弥生がゆっくりと首を横に振る。

「……上手《うま》く言えないんだけど……それに、弁護士さんには悪いんだけど、私と美波さんって、付き合い薄いんだなって、再認識したっていうか。私、美波さんが何を考えていたかとか、まったくわかってなかったのよね。おそらく美波さんも私のこと、殆《ほとん》ど知らなかったと思う。お互い、知ろうとしてなかった。お金もらったから抱かれたけど、それ以上でも以下でもなかった。美波さんからしてもそうだったと思う。金でどうにでもなる女だと、そう思われていたんじゃないかな。心を許し合っているって仲じゃなかったの。私たち。だから……」

何も役に立てないと思う、と小さな声で続けたあと、弥生は、また、はあ、と小さく溜め息を漏らした。

「……そういう……なんていうか、お金でしかかかわってないお客さんもいるけど、殺される人ってなかなかいないから……」

ちょっと、困る。呟くようにして告げられた言葉こそが彼女にとっての真実だろう。貴良はそう察することができた。

「人の命って、儚《はかな》いのね」

「そう……ですね」

頷《うなず》いた貴良に弥生は、無理に浮かべた笑みを顔に貼《は》り付け、肩を竦めた。

「怖いわね。可能なら長生きしたいものだわ」

「可能ですよ」

危機的状況に陥った場合にも、必ず司法が守ってくれる——とは言い切れない。とはいえ、もし今回の事件絡みで彼女が危機的状況に陥ったとしたら、何を置いても手を差し伸べたいと思う。

貴良のそんな気持ちはどうやら、弥生には正確に伝わったらしかった。

「何か思い出したら、弁護士さんに連絡するわ」

約束する、と微笑《ほほえ》んだ彼女に貴良は「ありがとうございます」と頭を下げた。

部屋を辞す際、弥生は貴良に対し、美波を殺したのは逮捕された代議士の秘書である可能性はゼロなのか、と問うてきた。

「あなたがその秘書の弁護人だってことはわかってるけど、どう考えてもその人が一番怪しいと思うのよね」

美波には特に、殺されるような要因はなかった。そう告げる彼女に貴良は再度「ありがとうございます」と頭を下げるに留め、部屋を辞した。

新たに得られた情報はあったか。『ヤクザより怖いものがある』という美波の言葉だろうか。しかしそれが『何か』ということはわかり得なかった。その上、その言葉に信憑《しんぴょう》性があるか否かもわかっていない。

ヤクザよりも怖いもの——なんだろう、と貴良はそれでもその言葉を掘り下げて考えようとした。ニュアンスから言って、警察とか、検察とか、それこそ弁護士とか、そうしたものである可能性もあるだろう。

彼が追っていたのは杉《すぎ》代議士だった。『怖いもの』が杉代議士、という可能性もあるよな、と考えるも、それこそ確証を得るには随分苦労するに違いない、と貴良は思わず溜め息を漏らした。

とはいえ杉代議士は警察の捜査に対し、実に協力的だった。なんら後ろめたいことがないためだと、そういう話だったが、もしここになんらかの嘘があったらどうだろう。

「あり得ない……か？」

普通に考えれば『あり得ない』。著名な政治家が殺人の罪を犯すなどというリスクの高いことをするわけがない。が、『誤って』殺してしまったという可能性はゼロとはいえないのではないだろうか。

収賄容疑がかかった場合などに、『秘書がやった』と代議士が逃げを打つケースはままあるが、今回もそれに相当するのでは。そこまで貴良は考えたものの、すぐ、それはないだろう、と頭を軽く振り、思考をまとめようとした。

もし、身代わりの犯人役を真木《まき》がふられていたのだとしたら、彼がここにきて『やっていない』と主張しはじめた理由がまずわからない。

身代わりになるのが嫌になったのなら、『身代わりでした』と言えば即、解放されるに違いないのに、なぜそれを言わないのか。

代議士が逮捕されないようにか？　代議士の顔色を窺《うかが》ってる？　もし代議士を恐れているのだとしたら、犯人は自分ではない、という主張はできなかっただろう。自分が無実を勝ち取るためには真犯人の逮捕が必須《ひっす》となる。犯人は知らない、でも自分は犯人ではない、では誰も聞く耳を持ちはしない。

「いや……あるな」

しかし、と貴良は新たな可能性に気づき、もしや正解はこれかもしれない、と考えるに至った。

犯人は代議士だったが、代議士がその罪を逃れるため、真木に罠《わな》を張った場合だ。

真木は犯人が誰かを知らない。が、状況証拠で犯人扱いされている。考えるに、代議士が犯人ではないかと思われるが、証拠がないため自分の口からは言えない。

だからこそ、調べてほしい。それなら真木が『犯人ではない』上に『代議士のことをかばってはいない』という状況となるのは可能だ。

代議士がそんな危ない橋を渡るかは謎だが。代議士の身代わりとなりそうな人物を探すという選択肢もありそうだ。

まずは事件について、また最初から考えてみよう。これから新宿《しんじゅく》署の斎藤《さいとう》警視を訪ね、事件の詳細を聞く。一応その前に斎藤に連絡を入れておくか、と貴良はスマホをスーツの内ポケットから取り出した。

斎藤にはすぐ連絡がつき、貴良の訪問を受け入れてくれるとのことだったので、マンションの外に出ると彼はちょうど走ってきたタクシーの空車に手を上げ、新宿を目指した。

「貴良さん、お疲れさまです」

斎藤は貴良をすぐさま会議室へと案内し、用件を問うてきた。

「犯人が別にいるという可能性について、斎藤さんのお考えを伺いたいと、そう思いまして」

「別……というと、たとえば？」

いかにもエリート然とした、端整ななりをした斎藤が、いつも綺麗に整えている眉を顰める。

そんな彼に貴良は、その日の代議士のアリバイを尋ね、彼を唖然《あぜん》とさせた。

「貴良さんは代議士が犯人だと、そう思っているんですか？　真木が……失礼、真木さんが代議士を庇《かば》っていると？」

「そういうわけではありません。ただ、あの犯行が事務所とは関係がない、通りすがりの人間がやったものだとはやはり考えられません。もし犯人が他にいるとしたら事務所の人なのではないかと、そう思った次第です。あの事務所のトップは杉代議士ですから、まず彼のアリバイをと思いまして」

「ああ、驚いた。確かに杉代議士が犯人なら第二秘書の真木に罪を押しつけることはできそうではありますが、あり得ません」

「アリバイがあるということですね」

きっぱりと言い切った斎藤に、そういうことだろうと予測しつつ貴良は確認を取った。

「はい。犯行時刻に代議士は大阪《おおさか》にいました。現地の後援会のメンバー何名かと会食後、新地《しんち》のクラブに繰り出しています。店での証言もとれていますし、路上の監視カメラに杉代議士の姿も映っていました」

「鉄壁のアリバイがある……ということですね。第一秘書の田口《たぐち》さんも一緒でしたか？」

「田口さんは大阪には同行はしておらず、帰宅していました。とれているのは家族の証言のみではありますが、彼の自宅の門には防犯カメラが設置してあるため、帰宅した姿は映っていましたし、門から出た映像は残っていませんでした」

「画像は警備会社が保存しているものですか？」

念のため、と思って聞くと斎藤は「そうです」と頷き、なんともいえない顔になった。

「事務所内の、上のポジションにいる人物から一人ずつ潰《つぶ》していく気のようですが、ゆうに五十名はいますよ。以前事情聴取した結果では、犯行時刻が夜中でしたから、アリバイが成立しているのはそれこそ、杉代議士くらいのものでした。再び一人一人にあたるおつもりですか？　徒労に終わる可能性は高いと思いますよ」

「何も私は警察の捜査を疑っているわけではないんですよ、決して」

少々むっとしているらしい斎藤に対し、貴良は慌ててフォローを入れた。

「今日、拘置所で真木さんに接見したのですが、その際、もしや彼は自ら手を上げたのではなく、誰かの罪を着せられたのでは、と閃《ひらめ》いたんです。庇うつもりはない。だが、証拠があるわけではないので『この人が怪しい』と名指しはできない。真木さんの性格的なものもあるかもしれませんが、もし調査をお願いするとなると社会的な影響が著しい人物、それが犯人だと真木さんは考えたのではないか、と」

「話としては面白い。実は犯人は杉代議士で、その罪を事務所総出で真木さんになすりつけようとしている……そんな想像をしたんじゃないですか？　貴良さんは」

「……まあ、そんなところです」

お見通し、ということは、警察もその可能性を考え、そしてそれを捜査によって潰した。そういうことだろうか、と貴良は斎藤を見やった。斎藤もまた貴良を見返し、そのとおり、と頷いてみせる。

「警察も一応、あらゆる可能性を考えるんですよ。捜査ってそういうものですから」

「……わかっているつもりなんですけど……お気を悪くされたのならすみません」

素人に説明するような斎藤の口調に『気を悪く』していたのは実は貴良のほうだった。斎藤から年齢を聞かれたわけではないのだが、どうやら駆け出しの弁護士と思われているようである。

年齢よりも若く見られるのは常なので、いちいち気にしてはいられないものの、むかつかないかといわれればやはり、むっとしないではいられなかった。

しかし、警察内での唯一の味方――とまではいえないかもしれないが――を失うリスクは避けたい、と貴良はむかつく気持ちを押し隠し、斎藤に笑顔を向けた。

「いや、そんな。それだけ貴良さんが一生懸命ってことですから」

途端に斎藤が顔を赤く染め、頭を掻《か》いてみせる。

斎藤はゲイではないと思われる。が、自分の『顔』が彼の気持ちを摑《つか》んでいることを貴良はしっかり自覚していた。

容姿の美醜については、自分についても他人についてもさっぱり興味のない貴良ではあったが、たまにこうした恩恵を賜ると、この顔も役に立つと思うこともあった。

まあ同じくらい、面倒にも巻き込まれてきたのでトータルすればチャラだが。心の中で呟いた貴良に対し、斎藤が恥ずかしそうに言葉を足す。

「あの、よかったらこのあと、食事でもどうです？　事件について互いに思うところをゆっくり話し合いませんか？」

これは恩恵か。それとも面倒か。どちらかというと『面倒』だが、事件についての話を聞けるのであれば付き合うしかないだろう。

しかしこの顔を見ると、有意義な話ができそうにはないのだが。恥ずかしそうに俯《うつむ》く斎藤を前に貴良は、呆《あき》れるあまり溜め息を漏らしそうになるのを堪えると、真木にとって有益な情報をせいぜい引き出してやろうという決意を胸に隠し、斎藤に向かってにっこりと微笑んでみせたのだった。

5

　翌日、貴良《きら》は飲み過ぎを悔いつつ、出勤した。

　ある意味予想どおりといおうか、斎藤《さいとう》警視との『食事』は有意義からはほど遠いもので、事件の話は最初の三十分で終わり、その後は斎藤から自分がいかに学生時代より優秀であったかと説明を受けたり、貴良の恋愛遍歴について根掘り葉掘り聞かれるうちに、午前二時を回り、それでももう一軒行きたいと粘る斎藤を無理矢理タクシーに押し込むようにして会合を終えた。

　会話をするのが苦痛だったせいで、グラスを重ねる頻度が増え、おかげで二日酔いとなった。だがおそらく斎藤のほうが重症であろうという自信はあった。

　酔えば少しは口が軽くなるのではという期待がなかったといえば嘘になる。実際斎藤の口は軽くはなったのだが、事件についての情報はさほど握っていないらしく、彼のプライベートに詳しくなって終わった、まさに無意味な会合だった、と溜め息をつきつつオフィスに入った途端、同僚からの戸惑いの視線に迎えられ、何事かと貴良は眉を顰めた。

「貴良君、ちょっと」

貴良が来るのを待ちかねていたらしい近藤《こんどう》所長が硬い表情のまま部屋に来るよう命じる。

「あ、はい」

彼の隣には、昨日あれだけ連絡を入れたにもかかわらず、一切折り返しをしてこなかった操《みさお》もいた。

先に事情を聞かせてほしいと思うも、操もまた硬い表情のまま父親である所長のあとに続いて部屋に入ったため、貴良も二人のあとに続き、所長室へと足を踏み入れた。

「貴良君、君、一体どうしてくれるんだ」

ドアを閉めた途端、近藤が厳しい顔で問い詰めてきたのに、一体何がどうしたのだと貴良は戸惑いから声を上げた。

「あの、私が何をしたというのでしょう」

「とぼける気か」

「とぼけるも何も……」

何を怒られているのか、想像すらついていなかった貴良は、所長の横から操が発した言葉に、驚いて彼を見やった。

「キラ、お前、ヤクザとかかわりがあるというのは本当なのか?」

「ヤクザ？」

目を見開いた貴良の目の前に、操が数枚の写真を差し出してくる。隠し撮りらしいそれらの写真を手に取り見やった瞬間、そこに自分の姿を認めた貴良は思わず、

「あ」

と声を上げてしまったのだ。

「拘置所の外で撮られたようだ。一緒にいるのは青龍会の若頭だろう？」

操が顔を強張《こわば》らせたままそう告げ、貴良を真っ直《ます》ぐに見つめてくる。

「そうです。でも彼とかかわりができたのは、そもそも……」

操に頼まれた仕事がらみだ、と続けようとした貴良の言葉を、近藤所長の怒声が制した。

「認めるんだな。ヤクザとのかかわりを」

「かかわりはありません。これは単になんというのか……そう、絡まれただけです」

実際、『絡まれた』のは嘘ではなかった。が、その後、きっぱりとかかわりを拒絶している。そこを説明させてほしい、と主張しようとした貴良への所長の対応は厳しかった。

「絡まれる隙《すき》を与えたのは間違いないのだろう？　弁護士の自覚が足りないんじゃないか？　こんな写真が週刊誌にでも掲載されたらどうなる？　弁護士生命の危機だよ。わかっているのか？　君は」

「わかっています。軽率でした。ですがこれには理由が……」

とにかく、事情を説明させてほしい。そのためには操にも協力してもらわねば、と前のめりになる貴良に対する所長のリアクションはそれは冷たいものだった。

「理由の説明は不要だ。当分の間、謹慎しているように」

「謹慎？　待ってください。話を聞いてください、所長」

有無を言わせず謹慎とは、酷《ひど》いじゃないか。そもそもの原因は操にあるというのに。仕事をかわってくれという頼みを聞き入れなかったら、青龍会とは無縁でいられた。それを聞いてほしいと訴えようにも、近藤所長は最早、貴良の話に耳を傾ける気はなさそうだった。

「話は以上だ。今、担当している仕事はこちらで割り振りを決める。すぐにも家に戻りなさい。週刊誌の記者が取材に来たとしても勝手なことを喋るんじゃない。いいな？」

きっぱりと言い切ったあとには、出ていけとばかりにドアを指さされる。

「所長、話を聞いてください。私は嵌められたんです」

このあたりで貴良は、所長と、そして操に対し、違和感を覚え始めていた。

なぜこうも近藤所長は頑《かたく》ななのか。いつもの彼なら少なくとも、頭ごなしに叱《しか》りつけることはしない。

近藤は人格者であり、一方的に相手が悪いと決めつけることは今までなかった。その彼が本件に関してはなぜ、そうも頑なに自分の言葉に耳を傾けようとしないのか。

ヤクザの車に乗っている写真について、なぜこのようなものが撮られるに至ったのか、その理由については『説明不要』というのはあまりに不自然すぎる。

「話は以上だと言っただろう？　早く家に帰りなさい」

近藤所長に再度きっぱりと言い返され、取り付く島はないとばかりに背を向けられる。

「所長、話も聞いてもらえないんですか。なぜです？」

それでも貴良が部屋を出ずにいると、所長は肩越しに彼を振り返り、きつい語調でこう言い捨てた。

「私の命令が聞けないというのなら、事務所を辞めてもらうしかない。わかっているな？」

「お父さん……っ」

それを聞き、貴良の横で操が本人以上に動揺してみせる。当の貴良は、近藤の理不尽さにカッと頭に血が上り、思わず言い返してしまっていた。

「辞めろというのなら辞めます。それでは！」

失礼します、と吐き捨て、所長室を駆け出す。

「待つんだ、キラ」

あとを追ってきた操に腕を摑《つか》まれたが、貴良はその手を振り払い、所員たちの好奇の視線の間を駆け抜け、事務所を飛び出した。

まったく、何がどうなっているというのか。何が自宅謹慎だ。何が事務所を辞めろ、だ。ふざけている。何もかもふざけている。怒りにまかせ、歩いていた貴良だったが、

「待ってくれ」

と背後から摑まれた腕を強く引かれ、仕方なく足を止めた。

「操先輩」

息を切らせ、追いかけてきたのは操だった。

「落ち着け、キラ。お前は昔から後先考えずに行動しすぎるぞ」

貴良の腕を摑んだまま、操はそう言うと、彼へと身体を向けた貴良の、今度は両肩にそれぞれ手を乗せ、じっと瞳を見つめてきた。

「父も本気で言っているわけじゃない。当然、辞める必要はないよ。謹慎だって二、三日のことだろう。お前は最近根を詰めて働き過ぎていたし、少し休みが取れた、くらいに考えてもいいと思うよ」

優しげに微笑み、頷いてみせる操は、いつものとおり『面倒見のいい先輩』の顔をしていた。が、もとはといえば彼からの頼まれごとが原因となっているのだ。まさかそれが本気でわかっていないのか、と、その瞬間貴良は、今まで以上にカッとなり、操の腕を振り払っていた。

「キラ」

「操先輩、ちょっと聞きたいんですけどねっ」

勢い込んで尋ねる貴良の前で、操の足下《あしもと》がよろけ、一歩下がったような状態となる。逃がすか、と貴良は腕を伸ばし操の上腕を握ると、きつい目で彼を見据えつつ、一昨日からずっと聞こうと思っていた内容をぶつけていった。

「先輩にかわってほしいと頼まれた田中《たなか》さんの依頼の件ですが、田中さんというのは所長の知り合いの息子で大学生と言ってましたよね？」

「え？　あ、ああ」

操がどこかおどおどしながら頷く。彼の顔にはっきりと『しまったな』という表情が浮かんでいることにますます怒りを煽られながら、貴良は問いを重ねていった。

「彼は大学生なんかじゃなかった。有名なＡＶ男優だそうですよ。ゲイビデオの。それに彼に連れていかれたのは、不当な契約を結ばされた芸能事務所なんかじゃなく、ＡＶの撮影スタジオでした。しかも田中は念書を現場にいたヤクザたちと交わしていた。自分のかわりに俺を出演させるという念書を。なぜそんなことになってるんです？　先輩はまったく知らなかったんですか？　それを確かめたくて昨日からずっと連絡を取っていたのに、なぜ折り返し電話をくれなかったんです？」

「……それについては悪かった。け、携帯をなくしてしまっていて……その、今朝見つかって、キラからそんなに連絡をもらっていたんだなと驚いていたところだったんだ。その……」

言い訳がましいとしかいいようのない言葉を口の中でうだうだと続ける彼を、そんなことはどうでもいい、と貴良は怒鳴りつけた。

「俺が知りたいのは、先輩は田中の嘘を知ってたのか、それとも知らなかったか、ですよ！」

「知っているわけがないだろう。今、はじめて聞いたよ。田中という青年には実は会ったこともないんだ。父から頼まれてね。でも父も騙《だま》されているんじゃないかと思う。それについてはすぐ、調査を始める。面倒なことを頼んで申し訳なかった。念書についてはどうなった？　有効か否かはすぐに調べさせるが、たとえ有効となった場合でも違約金を支払えば……」

またもうだうだと続ける操はやはり、嘘をついているとしか思えなかった。

「本当ですか？　さっきの写真に写っていたのは、あのとき現場にいたヤクザたちです。偶然ですかね？　奴らと手を組んであんな写真をでっちあげたんじゃないですか？」

「ま、待ってくれ。キラ。君は我々がヤクザにかかわっていると、そう言ってるのか？」

それまでおどおどするばかりだった操が、途端に大声を上げ貴良を詰《なじ》ってくる。

「ヤクザとかかわりなど、あるはずないだろう。君は一体何を言ってるんだ！」

「そのとおり。俺らにも一応、選ぶ権利ってものがあるからな」

と、そのとき、不意に背後から、低く、よく響く声が聞こえてきたのに、貴良ははっとし振り返った。

「あ……っ」

操もまた視線を向けたらしく、驚いた声を上げている。

「……立ち聞きか?」

いくら操を詰るのに必死になっていたからとはいえ、まったくその気配を感じなかった自分に対し自己嫌悪の念を抱きつつ貴良は、いつの間にか自分のすぐ背後に立っていた男をじろりと睨んだ。

「人聞きが悪い。往来でそこまででかい声を上げておきながら『立ち聞きか』はないだろう」

途端に噴き出した彼はまさに、近藤所長に突きつけられた写真に貴良と共に写っていた、青龍会の若頭、冴木《さえき》だった。

「相変わらず、ゲラだな」

くすくす笑い続ける冴木がなぜこの場に現れたのか、気にはなったものの、今はそれどころじゃない、と貴良は視線を彼から操へと向け、尚《なお》も糾弾《きゅうだん》しようとした。

「キラ……お前、彼と知り合いなのか……?」

だが操は今や顔面蒼白《そうはく》でガタガタ震えており、会話が成立しそうにない。

「知り合いじゃありません。それより、本当に所長や先輩はヤクザとは繋《つな》がっていないんですか？　今回の写真は、一体どこの誰から持ち込まれたんです？」

「知らない……知るわけがない……っ」

今や操は、軽いパニック状態に陥っているように見えた。彼の視線は地面に向いており、少しも貴良を見ようとしない。

「落ち着いてください、先輩」

これでは話にならない、と貴良は、今にも逃げだしかねない操の腕をしっかり摑むと、再び冴木を振り返り、彼を睨み付けた。

「ちょっと大事な話をしているんだ。何か用か？　とはいえ昨日の件ならきっぱり断ったし、こちらとしては何も用事はないんだが」

「つれないことを言うなよ。何度も言うが、俺たち、知らない仲じゃないだろう？」

冴木がニッと笑ってみせたあと、貴良に対してウインクする。意外にも長い睫《まつげ》を瞬かせるウインクはまさに俳優顔負けで、貴良は一瞬見惚《みと》れそうになった。が、男のウインクに見惚れている場合か、と思い直し、すぐさま更にきつい語調で冴木に言い捨てたのだった。

「まったくもって『知らない仲』だ。用がないなら帰ってくれ」

「用はあるよ。お前にも、そして近藤操さん、あんたにもな」

そう告げると冴木はゆったりした歩調で貴良と操の二人に近づいてきた。

「操先輩……近藤さんに？」

なんの用が、と訝《いぶか》しさから眉を顰めつつ、貴良は視線を操へと向けた。

「し、知らない。こんな男、知らないぞ」

操は今や、少しの余裕をもなくしていた。常に理知的、常に人好きのする、頼りがいのある感じのいい先輩、という彼本来のイメージはこれでもかというほど破壊されている。弱々しく、それでいて狡猾《こうかつ》そうな表情を浮かべる操に対し、彼のそんな姿は学生時代から見たことがないぞ、と驚いていた貴良の前で、冴木がにこやかに言葉を発した。

「確かに我々青龍会のことはご存じないかもしれませんね。あなたが親しくされているのは櫻《おう》風《ふう》会の竹本《たけもと》組長ですからね」

「櫻風会？　嘘だろう？」

青龍会ほど大きな団体ではないが、一般人にもその名を知られているヤクザの名が出てきたことに貴良は驚き、思わず冴木に問いかけてしまった。

「嘘じゃない。櫻風会は最近、竹本に代替わりしたんだが、組の勢力を広げようと何かと我々にちょっかいをかけてきているんだよ。今回の一件も、あんたと、それに青龍会を陥れようとして仕組まれたことだとわかったもので、一言、クレームを入れさせてもらいに来たってわけだ」

「……嘘……では、ないようだな」

啞然としていた貴良だったが、青ざめる操を前にしては、信じざるを得ないとしか思えず、そう告げ冴木を見やった。

「ああ。嘘じゃない。ＡＶ男優の田中を抱き込んだのは竹本だ。奴の借金を棒引きにしてやると言って話を持っていったそうだ。弁護士のお前をＡＶに出演させれば、訴訟される可能性が高い。だから奴は自分の組ではやらずに、奴にとって目の上の瘤《こぶ》である我々青龍会に話を持ち込んだのさ。現組長の息子が頭が足りない上に金儲《かねもう》けが好きだと知って、彼に話を持ちかけたんだ。現職弁護士ＡＶで大儲けができるってな。馬鹿にしてくれたもんだよ、まったく」

「……青龍会と櫻風会が敵対関係にあることはわかった……が、なんでそこに俺が絡んでくるんだ？」

陥れられる、その理由がわからない。首を傾げた貴良の耳に、掠《かす》れた操の声が響いた。

「……知らない……僕は……何も……っ」

「操先輩……」

ガタガタと震えながらも、操がそう言い切り、貴良の腕から逃れようと抵抗を見せる。

「まあ、考えられるのは『私怨』じゃないか？」

横から冴木がクスリと笑い、操を見る。

「たとえばそうだな。告白した結果、振られた、とか?」

「え」

まさにそのとおりのことが最近あったばかりだったため、貴良はつい、小さく声を漏らしてしまった。

「うぁーっ」

直後に操が叫び声を上げたかと思うと、貴良の手を振り払い、逆に肩を摑んできた。

「お前が悪いんだ！　お前が！　長年、面倒を見てやったというのに、あっさり振りやがって！」

「……先輩……」

喚《わめ》き立てる操を前に言葉を失う貴良の脳裏に、つい先日、操に告白をされたときの光景が蘇《よみがえ》った。

『好きなんだ、君が』

性愛の対象として好きだ、と操が告げてきたのは、彼に誘われて飲んだあと、なぜだか家まで送ってくれた際のことだった。

『すみません……無理です』

驚いたせいもあった。が、今にも抱き締められかねない雰囲気を察し、貴良はつい、きっぱりとそう言い切ってしまった。

操には親しみを感じていた。が、まさか『性愛の対象』として見られているとは考えたこともなかった。頼りになる優しい先輩が、あわよくばこのあと部屋に上がり込みセックスに持ち込もうとしている。その意図を感じたとき、嫌悪感が沸き起こったせいで、必要以上に厳しい答えとなってしまったのだが、それを聞き、操はたいして傷ついた素振りを見せなかった。

『そうなのか。女性に興味がないように見えたので、てっきりそっちなのかと思ったよ』

忘れてくれ、と笑う彼の表情からは、明らかに無理をしているその心理が感じられたものの、操が『軽く』すませようとしているのを敢《あ》えて再度取り上げ、謝罪するのはどうなのだと、貴良は迷った結果、そのまま流すほうを選んだのだった。

『女性にも男性にも……恋愛自体にそう、興味はないんです。今、興味があるのは弁護士としての職務のみなので、誤解を受けることもよくあるんですが』

『よくある』は言い過ぎだったかと反省したが、操が『だよね』と笑ったため、話を蒸し返すことなくそれで終わりとした。

「何が『無理』だ！　もっと言いようがあるだろうに！　だから仕返ししてやろうと思ったんだよ、お前が今、それにしか興味がないという弁護士の仕事を奪ってやろうってな。ゲイのA

Vに実名で出ている弁護士に依頼に来る人間なんていなくなるだろう。だからやった。それがどうした？　お前なんか……お前なんか……っ」

「……操先輩……申し訳ありません」

まさかそうも傷つけてしまったとは、まったく気づいていなかった。本人の言うとおり、今までさんざん世話になったというのに、本当に申し訳なかった、と頭を下げた貴良に対し、操は何かを言いかけたが、すぐさま、

「僕は何も知らない……っ」

と叫びながらその場を駆け去っていってしまった。

「…………」

後ろ姿を目で追う貴良の口から、溜め息が漏れる。

「モテる男はつらい、ということか？」

だが背後から揶揄《やゆ》してくる冴木を振り返ったときには、貴良の気持ちは随分と吹っ切れていた。

「……随分とヒマなんだな、青龍会の若頭って」

八つ当たりという自覚はあった。が、今の出来事が衝撃的すぎて、落ち着くためには悪態の一つもつかないではいられなかった。

「ああ、モテるお前の魅力にあてられたからな」

だが仕返しとばかりに揶揄され、自身の発言を反省した。

「……悪かった。まさかあんな理由だったとは想像もしていなかった。ちょっと動揺してしまった」

「…………」

頭を下げた貴良に向かい、冴木は一瞬、何か言いかけたが、すぐにふっと笑うと、ぽん、と軽く貴良の頭を叩《たた》いた。

「なんだ？」

お前は俺の親か、と眉を顰め、頭を撫《な》でてくれた理由を問う。

「無理だから無理と言っただけだろうに、それを責められてもな」

「まあ……それはそうだけどもう少し言いようがあったかな、と……」

それを反省しているのだ、と言い返しながらも貴良は、もしや冴木は彼なりにフォローをしてくれているのだろうか、とそのこと自体に驚いていた。

「言い方がどうあれ、振られた恨みは買っただろう」

やはりフォローとしかいいようのない言葉を告げたあと、そのことに感謝の念を抱いていた貴良に対し彼は、聞き返さずにはいられない意味深な言葉を告げた。

「第一、振られた恨みだけが理由じゃない。ソッチは副産物だ。それが主要な理由なら、近藤所長が乗るわけもないからな」

「え？　他に理由が？」

問いかけながら貴良は、その『理由』とはなんだ？　と改めて考えた。

自分をＡＶに出演させる理由か？　それにより、弁護士生命を絶つ、その理由だろうか。

なぜ自分に弁護士を辞めさせたい？

「あっ」

ここで貴良は一つの『理由』に思い当たり、思わず声を漏らした。

「今、誰の弁護を担当している？」

冴木が身を乗り出し、問いかけてくる。

「……やっぱり、それだよな」

だからこその、あの写真なのだろう。貴良は改めて冴木を見据え口を開いた。

「事務所に俺とお前が昨日、拘置所前で話している写真が届いた。青龍会は絡んでないんだな？　だとしたら誰だ？　それこそさっき話に出た櫻風会か？」

「おや？　お前、昨日断ったよな？　一緒に探ろうという俺の誘いを」

冴木がわざとらしいくらい大仰に目を見開いてみせる。

「……性格悪いな」

　確かに断りはした。が、そのときと今では状況が違う。わかっているだろうに、と内心むかつきながらも、一応筋は通す必要があるか、と冴木に向かい頭を下げた。

「頼む。手を貸してほしい。一体誰が俺の仕事を妨害しようとしているんだ？　櫻風会か？　櫻風会には恨みを買った覚えはまったくない。もしや櫻風会のバックに、誰かついているのか？」

「それはつまり、共に探ろうと、そう誘ってくれているのか？」

「ああ」

　それ以外にどう聞ける、と頷いた貴良に対し、冴木がにやりと笑う。

「ヤクザの手を借りたいと、そういうことだな？」

「そうだ」

「弁護士生命にかかわるとか、言ってなかったか？」

「悪かった。言ったよ。だが正直、一人では何もしようがない。操先輩を締め上げるくらいしか方策はないというか……」

「手を貸してほしい？　黒幕が誰かを知るために」

　冴木が貴良に顔を近づけ、まっすぐに目を見つめてくる。

「ああ」

「ヤクザの手を?」

「そうだ。しつこいぞ」

「弁護士生命が終わっても、か?」

「しつこいって。今や終わりかけているんだ。座して死を待つより、自ら真相を解明したい」

「そのためにはヤクザにも手を借りる、と、そういうことだな」

にやりと笑う冴木に対し、貴良は思わず、

「しつこくないか?」

と問いかけてしまっていた。

「しつこくもなる。お前、昨日俺に何を言ったか、忘れているようだな」

くすくす笑いながら冴木がそう、突っ込んでくる。

「『操先輩』の振り方といい、もう少し自分の発言が人にどう受け止められるかを考えたほうがいい。弁護士として、言いっ放しはどうかと思うぞ」

「…………」

まさにぐうの音も出ない。貴良は今や、冴木の言葉に打ちのめされていた。

確かに彼の言うとおりだった。同じ振るにしても、操を傷つけない言葉は選べただろうし、冴木の感情を害さずに申し入れを断ることもできたはずだった。

「申し訳なかった。土下座でもなんでもする」

謝意を伝えるにはやはり、そのパフォーマンスだろうか。『パフォーマンス』としてではなく、心からの謝罪が必要だろうが、と言いながら貴良は、早くもその場で跪《ひざまず》こうとした。

「土下座なんてしてもらっても、楽しくもなんともないからな」

その腕を摑んで動きを止めさせた冴木が、摑んだ腕をぐっと引き、貴良の腰を抱き寄せる。

「なんだ？」

唇と唇が触れそうになるほど、近いところに冴木の顔があった。彼の瞳が異様にぎらついていることから、嫌な予感を抱いていた貴良に対し、その冴木が『予感』どおりのとんでもない言葉を口にする。

「だがお前がもう一度、俺のを咥《くわ》えるというのなら、話は別だ。フェラ次第では手を貸してやらんこともない」

「……からかおうっていうのか？」

そうとしか思えず、思わず睨み付けた貴良を見返し、冴木が肩を竦めてみせる。

「それを判断するのはお前だ」

余裕ある笑みを浮かべる冴木の瞳を、貴良は真っ直ぐに見つめた。冴木もまた貴良を真っ直ぐに見返してくる。

果たして彼の今の言葉は本気か、それとも戯《ざ》れ言《ごと》か。

『判断を下すのはお前だ』と選択権を与えられはしたものの、間違えれば即座にその権利は剝《はく》奪《だつ》されるに違いない。

終わったはずの『フェラチオ』が再び選択肢の一つとして与えられることになろうとは。

果たして自分の選ぶべき道はどれなのか。必死で頭を働かせる貴良の前では冴木がさも楽しそうに笑っており、貴良は心の中でそんな余裕綽《しやくしやく》々の冴木に対するやり場のない怒りに密《ひそ》かに身を焼いていたのだった。

6

「迷うとは意外だったな」

黙り込んだ貴良《きら》を見て、冴木《さえき》が笑った。

「フェラなどたいしたことはないと、すぐにも引き受けるものだとばかり思っていた」

「……実際、『たいしたこと』だったからだ」

経験のなかったときには『そのくらい』と思えたが、一度でもやったあとでは話が違った。

「千五百万、チャラになったんだ。苦行でないわけがないだろうに」

くっくっと笑う冴木は、どう見ても面白がっている様子だった。貴良の心に生来の負けず嫌いの精神がむくむくと頭をもたげてきたが、よく考えろ、と自分を制し、冴木の目的を考えてみた。

自分にとって、冴木の手を借りることにメリットはある。だが冴木にとって自分と組むメリットはあるだろうか。どう考えても『ない』としか思えない。

「一つ教えてほしい」

くすくすと笑い続けていた冴木に貴良が声をかける。

「なんだ？　改まって」

目を見開いた冴木に貴良は、どう聞こうかと一瞬迷ったが、正攻法でいくのが一番の早道だろうと即座に判断し問いを発した。

「お前が俺に手を貸してくれるその理由はなんだ？　お前にとってどんなメリットがある？」

「お前に興味があるから」

「そこまで、自信過剰にはなれないんだが」

そんなことでヤクザが動くわけがない。誤魔化されるものか、と貴良が睨むと冴木は、

「怒るなよ」

と笑い、貴良の頰《ほお》にすっと手を伸ばしてきた。

殴られる、と反射的に身体を引こうとしたときにはもう、両頰を掌《てのひら》で包まれていた。

「実際、魅力的ではある。傾国《けいこく》って言葉、知っているだろう？　お前の美貌《びぼう》は一国をも滅ぼす力があるぞ」

「なわけあるか」

言い返したあと、なんだか乗せられているなと感じ、貴良は己の頰を包む冴木の手首を摑ん

で外させようとした。

「冗談はいい。何かメリットはあるのか？　櫻風会との間に抗争でも勃発させる気か？」

「抗争を起こそうとしているのは向こうだ。コッチとしてはきっちり落とし前をつけたいと、その程度だ」

「それが目的なのか？」

「まあ、目的の一つだな」

　頷いた冴木の顔には笑みがある。手首を摑む手に力を込めても少しも動かないことに苛立《いらだ》ちを覚えつつ、どこまでが本気なのかと問いを重ねる。

「一つということは他にもあると？」

「だから、お前に興味があるからだ。好きな相手の役に立ちたい。それが理由、というのでは納得してもらえないと？」

「………理由を説明する気はない、ということか」

　一体彼が何を隠しているのかは気になった。それを聞き出すまでは承諾すまいとは思っていたのだが、そこまで言うのなら逆にその言葉を利用させてもらおう、と貴良は心を決めた。

「……まあいい。手を組むこととしよう。早速、調べたいことがある。櫻風会は一体なんのために俺を嵌《は》めようとしたんだと思う？　俺にはまったく心当たりはない。誰かが櫻風会に依頼したんだろう。それは誰だ？」

「おい、忘れたか？　俺が手を貸す条件を」

冴木が貴良の頬を包む手に力を込める。

「おかしいな。お前は好きな相手の役に立ちたいんだろう？　なら交換条件を出すのは矛盾しているじゃないか」

貴良が利用させてもらおうとした冴木の台詞《せりふ》は『好きな相手の役に立ちたい』というものだった。ふざけていることは明白だが、それを逆手にとってやると、貴良はそう思ったのだった。

「…………」

冴木が一瞬、虚を衝かれた顔になる。が、すぐに彼は、ぷっと噴き出し、頬を軽く抓《つね》ってきた。

「先生、やるな」

「…………やらないよ。さあ、早速調べよう」

どんなに力を入れようとも外れなかった冴木の手がすっと引いていく。『やるな』と言いながらもやたらと余裕を感じさせるその様子から、もしやここまでが彼の作戦だったのではと思えてきてしまう。

だがもう、深く考えるのはやめよう。自身にそう言い聞かせると貴良は、改めて冴木に向かい右手を差し出した。

「なんだ？　この手は」

言いながら冴木がその手を口元へと持っていこうとする。

「キスじゃない。握手だ。手を組もう、という」

手の甲にキスをされ、慌てて引き抜く。

「なんだ、握手か」

冴木は笑っていたが、絶対わかっていたな、と貴良は彼を睨んだ。

「それじゃあ、ちょっと付き合ってもらおうか」

冴木が、来い、というように顎《あご》をしゃくり、踵《きびす》を返して歩き出す。

「どこに？」

「櫻風会」

さらりと言われたその場所に、貴良はぎょっとし思わず彼に駆け寄った。

「出入りか？」

「古いな」

前に回り、顔を見やった貴良を見下ろし、冴木が噴き出す。

「話を聞きに行くだけだ」

「ドンパチにはならないと?」

疑わしいな、と思い問いを重ねた貴良の肩を冴木が抱いて歩きだす。

「『ドンパチ』も相当レトロだぞ。お前、いくつだ? 手元の資料だと三十前のはずなんだが」

「手元の資料ってなんだ? 調べたのか? 俺のことを」

またもぎょっとした貴良に対し、冴木が淡々と答える。

「おたくの事務所のホームページを観ただけだ。年齢も出身大学も書いてあるのに何を気にしているんだか」

「……まあ、そうか」

過敏になりすぎたことを恥じ、貴良はそれを誤魔化すため逆に冴木に問いかけた。

「お前はいくつなんだ? 出身は? 東京《とうきょう》か?」

「なんだ、それは」

またも冴木が噴き出す。

「お前の組がホームページをやっているのならそこでチェックするんだが」

「いいな、それは。生年月日に出身地、それに逮捕歴と顔写真が載っていたら、さぞ警察の役にも立つだろう」

あはは、と笑いはしたが、冴木は自分の年齢も出身地も告げようとはしなかった。

冴木が貴良を連れていったのは路地裏に停めていた黒塗りの車で、乗れ、と促されたので貴良は先に乗り込んだのだが、運転手役のチンピラに睨まれたため、冴木が上席を自分に譲ったことに気づいた。

「……客扱いしてくれているのか？」

「まあ、これから役に立ってもらう必要があるからな」

涼しい顔で答える冴木の言葉が気になり、貴良は彼の顔を覗《のぞ》き込んだ。

「役に立つって、俺に何をやらせる気だ？」

「なに、別に何もしなくていい。胸元に光る金のひまわり……そう、そのバッジをひけらかしてくれていればいいだけだ」

「…………」

尚も淡々と答える冴木の言葉は、更に貴良の頭にひっかかったが、その後はいくら問い詰めてものらりくらりとかわされてしまった。

「着いたぞ」

車が停まったのは、新宿は歌舞伎《かぶき》町にある瀟洒《しょうしゃ》なビルの前だった。一見、普通の企業に見えるが、冴木に続き建物内に入った貴良は、そこが暴力団の組事務所であることを知った。

受付に座っているのは、美人受付嬢ではなく、チンピラとしか思えない若者だった。

「……っ」

冴木を見た途端、ぎょっとした顔になり、二人いたうちの一人が慌てた様子で奥へと駆け込んでいく。

間もなく奥に通じる扉が開き、『チンピラ』とは言いがたい、上質なスーツを身に纏《まと》った男が数名のチンピラを連れて登場した。

「これはこれは、冴木さんじゃあありませんか。いらっしゃるなら事前にお知らせいただければ。こちらからはせ参じましたものを」

にこやかに笑いながら冴木に声をかけた男は、四十代半ばに見えた。

「お気遣いは無用ですよ。竹本《たけもと》さん」

冴木もまたにこやかに応対する。その名を聞いて貴良は、目の前にいるこの男が櫻風会の組長であることを悟ることができた。

「今日は少々、お話をお伺いしたいと思いましてね」

「話？　さて、なんでしょう」

竹本がわざとらしいくらいの大仰さで不思議そうな顔をしてみせる。

「ウチの坊ちゃんに——三枝克也《さえぐさかつや》に、ちょっかいをかけやしませんでしたか？　小遣い程度の金を握らせ、ここにいる弁護士先生を陥れようとしたのが竹本さん、お宅の組の人間だという証拠はあがってるんですがね」

「なんですってえ？　ウチの者がそんな真似《まね》をしましたか」

竹本はどこまでもわざとらしかった。

「おい、達下《たつした》を呼んでこい」

傍《そば》にいたチンピラに命じ、チンピラが慌てて奥へと引っ込んでいく。

「組長、お呼びでしょうか」

すぐさま登場したのは、強面《こわもて》の極道だった。

「若頭の達下です」

竹本が冴木に対し、紹介の労を執ったあと、その達下を睨み、問いかける。

「おい、冴木さんのおっしゃることは本当か？　ウチの連中がそんな真似をしたと？」

「組長、申し訳ありやせん。確認したところ、田端《たばた》の仕業だとわかりやした」

深く頭を下げる達下に対し、竹本が怒声を張り上げる。

「なに？　田端の仕業だと？　なぜ奴が青龍会さんにちょっかいかけるような真似をしやがったんだ」

やはりわざとらしい。これはなんのパフォーマンスなんだ、と呆《あき》れていた貴良の目の前で、達下が、

「申し訳ありやせんっ」

と大声を張り上げた。

「田端の野郎が、頼まれたそうです。近藤《こんどう》操《みさお》っつー弁護士に、個人的に恨みがある貴良という弁護士を罠に嵌めてほしいと。弁護士を続けられないような辱《はずかし》めを与えてほしいっつうリクエストだったもんで、ゲイのＡＶ撮影を思いついたが、ウチの組では近々、撮影の予定が入っていなかった。それでＡＶ俳優の田中《たなか》に、次の撮影がどこかを尋ねたそうです。結果、青龍会さんだったと……彼としても青龍会さんにご迷惑をかけるつもりはなかったとのことですが、何せ近藤先生にとにかく急《せ》かされたとのことで……しかしそんなことは言い訳にはなりやせん。田端にはきっちり、指、詰めさせますんで。後ほど青龍会さんに届けさせていただきます」

「指……っ」

ぎょっとした貴良の横で冴木がふっと笑って首を横に振る。

「指などもらっても処理に困りますからな。それより、本件はあくまでも近藤操弁護士の私怨だと、そういうことですね」

「はい。そう報告を受けています」

竹本がきっぱりと言い切り、達下に確認を取る。

「そうだよな？」

「はい、間違いありやせん」

達下もまた、迷いなく頷き、真っ直ぐに冴木を見つめてきた。

「わかりました。結果としては今回、未遂に終わったわけですから、水に流すことにいたしましょう」

冴木が二人の視線を受け止め、にっこりと微笑み、頷いてみせる。

「ありがとうございます」

「下の者にはきっちり、申し渡しておきます」

竹本が、達下が深く頭を下げる中、冴木が鷹揚《おうよう》に頷いてみせる。

「いや、お時間を取らせてしまい申し訳ありませんでした。それでは失礼致します」

そう告げ、立ち上がった彼に倣《なら》い、貴良もまた立ち上がり竹本らを見やった。

「ご迷惑をおかけし、申し訳ありませんでした」

貴良に対しても、竹本と達下は頭を下げて寄越《よこ》した。が、どのような返しをしたらいいかと貴良が迷っている間に、冴木は貴良に目配せし、出入り口へと向かっていった。

「申し訳ありません」

一同、深く頭を下げているが、単なるパフォーマンスであることは、貴良の目から見ても明白だった。

緊迫した空気の中、冴木が貴良を連れ、櫻風会の事務所を出る。前に停まっていた車に乗り込んだあと貴良は、今の会合の意味について冴木に問い質《ただ》した。

「今の話だと、櫻風会が繋がっていたのは操先輩だけということになる。それは違うよな?」

「ああ、違う。『操先輩』の私怨で片付けようとしてはいたが、バックは確実にいる。おそらく、『操先輩』を捨て駒《ごま》にできるだけの大物だろう」

「大物……誰だ?」

問いかけた貴良に冴木が「さあ」と肩を竦める。

「それを知るには、お前が今、担当している事件が何か、ということによるな」

「俺が担当している……」

一番に思いつくのは、真木《まき》の弁護である。真木の勤務先が杉《すぎ》代議士の事務所であり、これ以上ないほどの『大物』である。

昨日、拘置所前で待ち伏せされたことや、その後、被害者の愛人だったホステスのマンション前まで送ってくれたことから、冴木は当然、自分が誰の弁護を担当しているかわかっているだろうに、敢《あ》えてそれを口にしないのは不自然だ、と貴良は冴木を見やった。

冴木もまた、貴良を見やる。

「ところで、今の仕事は継続できるのか?」

「え？　ああ……」

ふと思いついたように冴木に問われ、貴良は、自分が事務所から謹慎を申し渡されたことを思い出した。

「……面倒だな……」

個人のツテで受けた依頼ではあるが、現状、事務所を通しての仕事という位置づけとなっている。事務所は辞めるが弁護は続けるという説明を貴良がするより前に、事務所から新しい弁護士が派遣されてしまうかもしれない。

どうするか。考えていた貴良の目の前に、すっと、細長いペンのようなものが横から差し出された。

「？」

なんだ、と隣に座る冴木を見る。

「ボイスレコーダーだ、好きに使うといい」

冴木はニッと笑ってそう言うと、手にしていたそれを操作しはじめた。

『田端の野郎が、頼まれたそうです。近藤操っつー弁護士に、個人的に恨みがある貴良という弁護士を罠に嵌めてほしいと。弁護士を続けられないような辱めを与えてほしいっつうリクエストだったもんで……』

「…………」

録音していたのか、と驚いた直後に貴良は、冴木の意図を察し、むう、と唸《うな》った。

「脅迫しろってことか？　操先輩を」

「人聞きの悪いことを言うな。好きに使えとしか俺は言ってないぞ」

わざとらしく肩を竦めながら冴木が、ほら、と尚も貴良の目の前にボイスレコーダーを翳《かざ》す。

「…………」

どうするか、と迷ったのは一瞬だった。普段の貴良なら、世話になった先輩を脅すことに抵抗を感じただろうが、躊躇《ためら》っているうちに手遅れになりそうだという危機感から彼は、目の前に差し出されたレコーダーを摑んでいた。

「事務所まで送ろうか？」

冴木がにっこり笑い、貴良の顔を覗き込んでくる。

「いや、いい」

断った貴良の顔を尚も覗き込むようにしながら、冴木が言葉を続けた。

「なんなら引き受けてやろうか？　汚れ役を」

「大丈夫だ。先輩とは話もしたいし」

「話ねえ」

馬鹿にしたような口調になった冴木に貴良は思わず、

「何が言いたい？」

と問うたものの、彼の言いたいことは想像がついていた。

「別に」

言われればむかつくであろうから、先回りをしてやろうと思ったというのに、冴木はにやりと笑ってそううそぶくと、不意に貴良の肩を抱き唇を寄せてきた。

「よせ」

キスされそうになり、慌てて顔を背ける。と、冴木は貴良のこめかみに唇を押し当てたあとすぐに身体を引き、ニッと笑いかけてきた。

「健闘を祈る。ああ、そうだ。今夜食事でもどうだ？」

「食事？」

なにを呑気《のんき》な、と眉を顰めた貴良の返事を聞かず、冴木が運転席のチンピラに声をかける。

「貴良先生を事務所までお送りしろ」

「え？」

チンピラが驚いている間に冴木は自分で後部シートのドアを開くと、さっと車を降り、外からドアを閉めた。

一連の動作は相変わらず流れるように優美で、かつ無駄がない。

「わ、若頭」

「いいから行け。俺は寄りたいところがある」

そう言い、歩き出した冴木のあとを、助手席に乗っていたチンピラが慌てて車を降り追いかけていく。

何が起こっているのか。啞然としていた貴良の耳に、運転手役のチンピラの舌打ちが響いた。

「まったく、なんだってこんな……」

「降りますよ」

不満たらたらであることが態度にも口調にも表れていたため、貴良はそう声をかけ車を降りようとしたのだが、途端にそのチンピラに、

「や、やめてくれっ」

と叫ばれ、ぎょっとして動きを止めた。

「若頭のご指示だ。乗っててくれ。俺はあんたを事務所まで送らなきゃならねえんだよ」

「大丈夫だ。別に送ってもらう必要は……」

ない、と言おうとした、その言葉を待たずにチンピラは車を発進させていた。

「大人しく乗ってろよ。信号待ちのときに降りでもしやがったらタダじゃおかねえぞ」

言い捨てるチンピラの口調は乱暴だったが、バックミラーに映る彼の顔は真剣だった。若頭の――冴木の命令には何がなんでも従わねば。必死の形相が物語る心理はそれだろう。察した貴良の口から思わず溜め息が漏れる。

ヤクザだ。あまりに――正真正銘のヤクザとかかわってしまっている。

結果的にヤクザの協力を仰ぐという選択をしてしまったわけだが、果たして本当によかっただろうか。今更ではあるが貴良は、己の選択を悔いていた。

悔いたところで取り返しがつくものではない。とはいえ、安直に選びすぎたかもしれない。そこは反省すべきだろう。易《やす》きに流れてはいけない。このレコーダーを使うのも最後の手段と決めておこう。

手の中のレコーダーを見る貴良の耳に、竹本組長から聞かされた、操の依頼内容が蘇る。

心ない振り方をしてしまった。許せないと思われても仕方がない。しかし彼が、自分の弁護士としての将来を潰してやろうというほど『許せない』と思っていたというのは、少なからずショックだった。

ゲイのAVに出演させられ、それを週刊誌に実名で報じられる。結果弁護士を辞めざるを得なくなった自分の姿を見て溜飲《りゅういん》を下げる――操は本当にそんなことを考えていたのだろうか。

学生時代から今に至るまで、ものわかりのいい先輩としての彼しか知らなかった貴良にとっては、どうにも信じがたいのだった。

きっと何か他に理由があったに違いない。それを操から聞き出そうというのが、貴良が彼としたいと思った『話』だったのだが、それを冴木は鼻で笑った。

甘い、と言いたいのだろう。操が自分を陥れようとしたことは紛《まが》うかたなき真実である。しかもかなりえげつない方法をとろうとしたことまでわかっているのに、今更何を、と冷笑を浮かべていた冴木の考えのほうが、おそらく正しいに違いない。

それでも一縷《いちる》の望みを抱いてしまっていたのは、貴良の思想の根底にあるのが性悪説ではなく性善説のためだった。

弁護士という仕事を選んだのもそこに理由があった。生まれついての悪人などいないと思いたい。凶悪事件が日々起こる今の世の中では甘い考えだという自覚はあったが、せめてそう信じたい。日頃そう思っている貴良だからこそ、操に対しても話せばわかりあえるのでは、という期待を抱いてしまっていた。

間もなく車は近藤法律相談所に到着した。

「ありがとうございます」

運転席のチンピラに礼を言い、彼が車を降りてドアを開いてくれようとするより前に後部シートのドアを開き降り立った。

事務所内に一旦《いったん》は入ろうとしたが、操から詳しく話を聞くためには外に呼び出したほうがいいだろうと考えを改め、彼の携帯を鳴らしてみた。

『………』

ワンコールで操は応対に出た。が、何も喋ることなく、じっと貴良の出方を窺っている様子だった。

「操先輩、お話があるんですが、今、出てこられませんか?」

貴良が話しかけても反応はない。

「操先輩」

再び呼びかけるとようやく操は、抑えた声で答えを返した。

『何も話すことはない。お前は謹慎中のはずだ』

そのまま電話を切られそうになったことで、貴良は、仕方がない、と『脅し』にかかることにした。

「櫻風会で話を聞いてきました。先輩に確かめたいことがあるんです」

『……っ……知らない。馬鹿なことを言うな』

動揺しつつも操は、聞く耳を持ってくれそうにない。『話』どころではないという冴木の読みのほうが正しかったか、とがっかりしてはいたが、落胆などしている場合ではないと、気力を奮い起こした。

「馬鹿じゃありません。証拠もあります。それこそ週刊誌が飛びつくような確たる証拠が。ハッタリじゃないですよ。電話口で流しましょうか？」

『……今、どこにいる？』

押し殺した声で操が場所を問うてくる。

「事務所の前です。隣のビルに入っているスタバで待ってます。五分で来てください。一人で来てくださいね。櫻風会には声をかけないように」

操の声音に尋常ではないものを貴良は感じたため、咄嗟《とっさ》に釘を刺した。性善説をとる貴良ではあるが、操には『前科』がある。またヤクザに出張ってこられても迷惑だ、と思い告げた言葉に、操は小さく『わかった』と答え、電話を切った。

スタバに向かう貴良の口から、堪《こら》えきれない溜め息が漏れる。

自分のしていることはまるで『ヤクザ』だ。しかしそれ以上に操が信頼に値する人間ではないと思い知らされたことに貴良は落ち込んでいた。

貴良がスタバに入った直後、息を切らせた操が店内に駆け込んできた。

「席、とっておいてもらえます？」

コーヒー買っていきます、といつものように貴良が操に告げると、硬い表情のまま操は返事もせずに、人のあまりいない喫煙スペースへと向かっていった。

コーヒーを買い、喫煙スペースへと運ぶ。珍しく操は煙草《たばこ》を吸っていた。

「やめたんじゃなかったんですか」

学生時代に吸っているところを見たことはあったが、今の事務所に入ってから初めて見た。

「吸わないほうがイメージがいいからな」

操がぼそりと告げ、貴良に対して、吸うか？　というように煙草を差し出してくる。

「やめておきます」

断ってから貴良は、もしやこれは操が親密度をアピールしたかったのかと気づき、彼を見た。

「証拠ってなんだよ」

操が貴良の視線を煩《うるさ》そうに避け、目を伏せたままぼそりとそう問うてくる。

「櫻風会の竹本組長に話を聞きました。先輩の名前も出ましたよ」

「知らない。そんなの、なんの証拠でもないだろう」

操が小声で、だがきつい語調で吐き捨てる。

「会話をテープに残しました。週刊誌に持ち込めばどうなるか、先輩ならよくわかってますよね」

「………嘘だろう？」

今や操の顔は真っ青だった。

「弁護士は嘘はつきません」

そう告げると貴良はポケットからレコーダーを取り出し、再生ボタンを押した。

『田端の野郎が、頼まれたそうです。近藤操っつー弁護士に、個人的に恨みがある貴良という弁護士を罠に嵌めてほしいと』

「止《や》めろっ」

操が大声を出し、貴良の手からレコーダーを取り上げようとする。スポーツ万能ではあるが、武道の心得はない操の隙《すき》など、貴良はいくらでも突くことができた。

「出鱈目《でたらめ》だ、そんな……っ」

操の手を避け、レコーダーをスーツの内ポケットに戻した貴良を睨みながら、操が低く訴えかけてくる。

「出鱈目でもなんでも、週刊誌は高く買ってくれるでしょう。まあ出鱈目でもないんですが」

「……何が目的だ?」

押し殺した声で操が貴良に問う。

「謹慎処分を所長に取り下げさせてください。真木さんの弁護は俺がやります。その邪魔はしないでもらいたい」

「…………」

貴良の言葉を聞き、操は何かを言いかけた。が、結局は何も言わず、ふいと目を逸《そ》らせ呟いた。

「……そのレコーダーを渡せ」

「渡してもいいですけど、コピーとってますよ」

それは嘘だった。が、自分はとっていなくても冴木はとっているのでは、と思わなくもなかった。

「…………ヤクザか、お前は」

憎々しげに言い捨てる操の歪《ゆが》んだ顔を前にする貴良の頭に、この男は誰だ？　という寂しい思いが過《よ》ぎる。

「ヤクザに手を借りたのは先輩が先でしょう」

貴良はそう言うと、うっと言葉に詰まった様子の操の目を覗き込み、問いかけた。

「どうしてヤクザに頼んだんです？　俺を弁護士でいられなくしようとした理由は、むかついたからというだけですか？　他に何か理由は？」

「……知らない」

下を向いたまま吐き捨てる操は、もう、何も喋る気はなさそうだった。テープをネタに喋らせることはできそうではあったが、それではまさに『ヤクザ』と同じだと、貴良は思い留《とど》まった。

「とにかく、俺の邪魔はしないと約束してもらえますか？」

最終確認をとるべく、貴良はそう告げ、じっと操の目を覗き込んだ。

「…………わかった」

暫しの沈黙のあと、操がぼそりと呟き、大きく息を吐き出した。

「ふざけるな……覚えてろよ」

「……先輩、先輩こそまるでヤクザですよ、それじゃ……」

溜め息をつきたいのはこっちだ。情けない気持ちを抑え兼ね、首を横に振った貴良を操が睨み付けてくる。

「お前に何がわかる」

「わかりません。何も」

何よりわからないのは、ヤクザと自らかかわっていったことだ、と貴良もまた吐き捨て、操を睨んだ。

二人睨み合ったまま、暫し時間が流れる。

「帰る」

唐突に操が目を逸らせ、立ち上がった。

「お疲れ様です」

いつもの調子でそう告げたあと、もう二度とこうした会話を彼と職場で交わすことはなくなるんだろうなと思い知り、つい、溜め息を漏らしそうになった。

「…………」

操はそんな感慨など覚えなかったようで、苛立ちを隠そうともせず喫煙スペースを足早に出ていく。

机の上、彼が忘れた煙草に気づいた貴良の手がその煙草に伸びた。一本取り出し、中に入っていた百円ライターで火をつける。そのとき貴良の胸に生まれた苦々しさは、学生時代以来、吸うことのなかった煙草の煙によるものではなく、長年築いてきたはずの信頼関係が、木っ端《こぱ》微塵《みじん》に崩れ去ったことを認めざるを得ないことへの悔しさだった。

7

その後貴良《きら》は、再び新宿《しんじゅく》署に斎藤《さいとう》を訪ね、事件についての話を聞いたり捜査資料を見せてもらったりしたあと、夜も更けてきたため帰宅した。

「…………」

貴良の自宅は学生時代から住んでいる、月島《つきしま》にあるマンションだった。もともとは商社マンであった彼の叔父の部屋なのだが、ジャカルタ駐在の辞令が出たので留守番を頼まれたはずが、叔父が会社を辞めそのままジャカルタに住むこととなったため、名義は叔父のままではあるものの今や貴良の部屋といっていい状態となっていた。

部屋は一人暮らしには広い3LDKだったが、旅立つときには日本に戻ってくるつもりだった叔父は私物をかなり残していた。ジャカルタに住むことを決めたときに叔父は貴良に、部屋に残してきたものはすべて捨ててかまわないとは言ってくれていたが、勝手に捨てるのは申し訳ないという思いから、一番狭い六畳の部屋でのみ生活している。

十五階建てのそのマンションの前に、見覚えのある黒塗りの車が停《と》まっている。まさか、と顔を顰《しか》めた貴良の前で車のドアが開き、予想どおりの男が後部シートから降り立った。

「やあ」

「…………何しに来た」

家まで押しかけてくるとは、と貴良が睨《にら》みつける先、教えずとも自宅を突き止めることなど容易《たやす》かったらしい彼が——冴木《さえき》がニッと笑いかけてくる。

「今日の成果の報告に。それにしてもいいところに住んでいるんだな」

「俺の家じゃない」

言い捨てた貴良に冴木が正確に彼の叔父の名を口にする。

「名義は貴良義彦《よしひこ》さんのものだったか」

「……そんなこと調べているヒマがあったら……」

他に調べることがあるだろう、と言いかけた貴良の言葉に被《かぶ》せ、冴木が声をかけてくる。

「ちゃんと調べてきたさ。さあ、行こう」

「行くって、俺の部屋にか？」

「ああ」

「断る」

「なぜ」

「人を招けるような状態じゃない」

「いや？　結構片付いていたぞ」

「えっ？」

まさか。既に部屋に入っているというのか。唖然《あぜん》としていた貴良の肩を冴木が無理矢理抱いてくる。

「細かいことは気にするな。お前にとっても有意義な話を持ってきたんだから」

「有意義……」

本当だろうか。眉《まゆ》を顰《ひそ》めた貴良の肩を抱いたまま、冴木が強引に歩き出す。

「ともかく、部屋に入れてくれ。ああ、酒が飲みたいな」

「図々しいぞ。酒なんてない」

「あった。もらい物か？　それとも叔父さんのものか？」

「だから、なんで部屋に入ってるんだよ」

信じられない。唖然としつつも最早、入室を拒むことはできまいと貴良は諦《あきら》め、冴木を部屋に上げることにした。

「ビールでいいか？」

リビングに通したあと、貴良は冴木に問いかけた。

「サービスがいいな」

冴木が驚いたように目を見開く。

「……お前にとっての俺のイメージって最悪ってことなんだな」

ビールを勧めたくらいで『サービスがいい』と言われるとは。ということはもしや、部屋に入ったというのはミスリードだったのか、と貴良は冴木を睨んだ。

「最悪どころか。最高だ」

にやりと笑いながら冴木が、貴良が差し出した缶ビールを受け取り、プルトップを上げる。

「で？　俺にとって有意義な話ってなんだ？」

貴良もまたプルトップを上げながら、話せるものなら話してみろ、と冴木を睨む。と、冴木は缶ビールを一気に空けると、空になった缶を手の中で潰《つぶ》し、口を開いた。

「真木宏斗《まきひろと》について、お前はどれだけのことを知っている？」

「どれだけって……」

自分の高校の先輩であること。今回、ルポライターの美波《みなみ》殺害の疑いで逮捕されたこと。犯罪歴は当然のこと、出身地や学歴、職歴は調べたが、それ以上のことは知らない。逆に言えばそれ以外のことを知る必要もないのでは。

問いかけた貴良に冴木が、少し拍子抜けした顔になり、肩を竦《すく》めた。

「まさかと思うが知らないのか？　真木は養子縁組み後の新たな名字で、もともとの名は神田《かんだ》宏斗」

「え……っ？」

初耳だった。戸籍までチェックしていなかったため、養子に入ったことすら知らなかった。しかしそれが何を意味するのか、と眉を顰めた貴良は、続く冴木の言葉に驚いたあまり、大声を上げてしまったのだった。

「父親の名は神田悠斗《ゆうと》、二十年ほど前、杉《すぎ》代議士の第一秘書をしていたが、自害している。杉代議士が収賄の容疑をかけられたときに、すべて自分のしたことだ、と遺書を残して」

「なんだって？　本当か？」

まったく知らなかった。と愕然《がくぜん》とすると同時に貴良は、なぜ自分はそこまで突っ込んで調べなかったのかと、そのことを悔いていた。

「嘘《うそ》はつかんよ」

冴木に苦笑され貴良は、自分が相手に対して失礼な発言をしたことに気づいた。

「悪い。疑ったわけじゃない。単なる自己嫌悪で……」

「気にするな。お前の口が悪いことは充分わかっている」

謝罪したところに、今度は向こうから失礼なことを言われ、カッとなりかけたものの、貴良はすぐに我に返ると話を戻した。

「真木さんの父親が誰かということを杉代議士はわかってたんだろうか?」

「ああ」

なぜ即答できるのだ、と眉を顰めた貴良の疑問に、冴木はすぐさま答えてくれた。

「養子縁組は杉の紹介だった上に、宏斗が大学を卒業するまでずっと金銭的な援助を行っていた。大学卒業後は自分の事務所に入れている」

「そうか……」

わかった上でのその厚遇はやはり、こういうことなんだろう、と貴良は思わず呟《つぶや》いた。

「人柱だった……ってわけか、父親は……」

「そういうことだろう」

「殺された可能性はあるんだろうか」

調べてみよう。心の中で呟いた貴良の声が聞こえたかのように、冴木が言葉を続ける。

「自殺で処理はされているがな。自筆の遺書も残されていた。まあ、杉に『死ね』と強要された可能性はあるが」

「……そうか……」

呟いた貴良の頭にあったのは、今回もまた杉が真木に『身代わり』を強要したのではないかということだった。

真木は一旦《いったん》は受けた。が、今になってひっくり返した。父親の二の舞はご免だと、そう思ったから——。

「………」

あるな。一人頷《うなず》いた貴良の耳に、クスリと笑う冴木の声が響いた。

「親子揃《そろ》って身代わりを強要されたと、そう思ってるのか？」

「可能性としてはあるんじゃないか？」

冴木はいかにも『あり得ない』と言いたげだった。そう思う根拠はなんだ、と問いかけた貴良に冴木が身を乗り出し、瞳を覗《のぞ》き込んでくる。

「杉にはアリバイがある。事件の夜には大阪《おおさか》にいた。殺害現場が大阪だった、なんて二時間サスペンスみたいなことはあり得ない。殺される二、三時間前に東京《とうきょう》で美波は目撃されているからな」

「……その情報はどこから？」

まさに今日、その情報を貴良は斎藤警視から教えられた。美波のその夜の足取りは完全には掴《つか》めていなかったのだが、渋谷《しぶや》のガールズバーで時間を潰していたことがわかったとのことだった。

馴染《なじ》みのない店だったので割り出しに時間がかかったが、店の防犯カメラに美波の姿が映っていた。

警察も今日知ったというその情報を、どのようにして冴木は入手したというのか。やはりヤクザの情報網は警察をも凌《しの》ぐということか。尋ねた貴良に対する冴木の答えは、

「まあ、蛇の道はヘビってことだ」

という、木で鼻を括《くく》ったようなものだった。

「杉代議士が犯人でないのなら、誰が犯人なんだ？」

なんでも知っている冴木ならその答えもまたわかるのでは――本気で期待はしていなかったが、もしや知っているのではと思い問いかけると、

「さあ」

と冴木は首を傾《かし》げてみせた。

「第一秘書……にはアリバイがあるようなないような、だった。他には？　杉代議士の家族……友人……杉代議士が庇《かば》いたい人間って誰だ？」

「あくまでも『身代わり』説をとるんだな、先生は」

くす、と冴木が笑い、ソファから立ち上がる。キッチンへと向かう彼の背を目で追いながら

貴良は、今指摘されたからというわけではないものの、『身代わり』には無理があるか、と考えていた。

父親が『身代わり』をしたからといって、息子もまた身代わりになるとは限らない。そもそも自分は身代わり説に対して否定的だったじゃないか、と己の推理を改めて頭の中で組み立ててみた。

身代わりになれと命じられたのではなく、結果として身代わりにさせられたのでは、と、そう考えていたはずだった。杉は物理的に犯人にはなり得ない。となると誰が真木に罪を着せようとしたのだろう。

外部の人間、という可能性はあるか。外部の人間が事務所に入るのは難しい。やはり事務所内の人間の犯行だと思われるが、犯人になり得る人間は少しも浮かんでこない。

一体犯人は誰なのか。首を傾げた貴良は、冴木がなかなかキッチンから戻って来ないことに今更気づき、ソファから立ち上がった。

キッチンの奥の扉は洗面所に繋《つな》がっている。洗面所からは廊下に出ることができるのだが、そのままトイレにでも行ったのか、とキッチンから洗面所に抜け、廊下に出てみるも冴木の姿はなかった。

「まさか」

勝手に人の家の中を散策でもしているのかと貴良は、自分が使わせてもらっている六畳間へと向かいドアを開いた。

「……何をしてるんだ?」

冴木は果たしてその部屋にいた。仕事机に本棚、それにシングルサイズのベッドがあるその部屋の、ベッドに座り貴良に笑顔を向けてきた冴木に、そう問いかける。

「いやなに、労働の対価をもらおうかなと」

「対価?」

問い返した貴良の目の前で冴木が立ち上がり、すぐ目の前に立つ。

「ああ、俺はお前のために充分な働きをしたと、そう思わないか?」

「……まあ、そうだな」

真木の父親のことを知らせてくれたのはありがたかった。真木がそのことを黙っていたのは敢《あ》えてか、それとも話すまでもないと思ったからか。

話すことで『身代わり』を疑われると思ったのかもしれない。いつしか一人の思考の世界へと足を踏み入れていた貴良は、不意に両肩を摑まれ、はっと我に返った。

「え?」

「合意してもらえたようで何よりだ」

「合意？」

　してないが、と言おうとしたが、言葉が発せられることはなかった。貴良の唇を冴木がその唇で塞《ふさ》いできたからである。

　キスされた——驚いたせいで貴良の思考は暫《しば》し止まってしまった。キス自体が久し振りだったこともある。

　最後にキスしたのはいつだったか。弁護士になって一年目、多忙さゆえ別れてしまった大学のときから付き合っていた彼女。それ以降、忙しさにかまけて誰かと付き合うということはなかった。

　恋愛よりも仕事のほうに魅力を感じていたため、恋人がいない状態を寂しいと思うことはなかった。正常な男であるので、性欲を覚えることは勿論《もちろん》あったが、自慰ですませるのになんの不都合も感じなかった。

　久々に触れた——触れられた、というのが正しいが——他人の唇は、酷《ひど》く温かかった。そういやキスってこんな感じだったな、とかつての感触を思い起こしていた貴良は、強く背を抱き寄せられ、ようやく我に返った。

「なんなんだ？」

　一体、と冴木の胸を押しやり、身体を離そうとする。

「言っただろう？　好きな相手の役に立ちたいと」

「……言ったな」

それを利用させてもらっていただけに、とぼけることはできないか、と頷いた貴良に再び唇を近く寄せ、冴木が囁《ささや》いてくる。

「好きな相手には触れたいと思うのがごく真っ当な衝動だと思うが」

「それはそうだが、こういうことは双方合意のもとにやるものなんじゃないのか？」

再び唇を塞がれそうになり貴良は慌てて顔を背けた。それでも顔を覗き込んでくる冴木と目を合わせぬよう尚《なお》も顔を背ける。不自然な体勢に足下《あしもと》がよろけたところを強引にベッドに押し倒された。

「ちょっと待て。俺は合意してないぞ」

覆い被さってくる冴木の胸を押しやりながら貴良は、マズい、と内心慌てていた。抵抗しようにも少しも隙《すき》を見出せない。腕力ではとてもかなわないため、このまま意のままにされることになってしまいそうだが、それは避けたい、と何とか活路を見出そうとするも、少しも見出せないまま、冴木の身体《からだ》の下、彼の手が身体を這《は》い回るのを避けることができずにいる。

「好きだから手を貸したいと言った俺の言葉をお前は受け入れた。それが『合意』なんじゃないか？」

言いながら冴木がスラックス越しに貴良の雄を掴んでくる。

「よせ……っ」

ぞっとする、と貴良は冴木の手を掴もうとした。が、冴木はそれを許さず、尚もぎゅっと貴良の雄を握ってきた。

「対価を貰《もら》おうというだけだ。暴れるなよ。強姦《ごうかん》してるみたいじゃないか」

「強姦って、嘘だろ？　おい、やめろ。俺にそっちの趣味はないっ」

「そっちもこっちも俺には関係ない」

「俺にはあるんだっ」

冗談じゃない、と冴木の手を逃れようとしても、がっちりと組み敷かれた上であっという間に降ろされたスラックスのファスナーから手を差し入れられ、直《じか》に雄を握られてはもう、身を竦《すく》ませていることしかできなくなった。

「やめろ……っ」

ファスナーの間から外に出された雄の先端、くびれた部分を扱《しご》き上げられ、びく、と身体が震えてしまう。

「なんだ、相当たまってるのか？」

くす、と冴木が笑うのに、そういうわけじゃない、と言い返そうにも、彼の爪《つめ》が尿道をぐりぐりと割ってくる、その刺激に堪《たま》らず声を漏らしそうになり、なんてことだ、と貴良は頭を抱えそうになっていた。

鼓動が高鳴り、肌にはじんわりと汗をかきつつある。自慰とは比べものにならない雄への刺激を受け、自身の身体がまさに今、堪《こら》えきれない欲情を持て余していることに貴良は戸惑いと、そして耐えがたい自己嫌悪の念を覚えていた。

「よせ……っ」

やめてくれ。訴えは聞き入れられることはなかった。

「お前のイクときの顔を見たいな」

言いながら冴木が、貴良の雄を扱き上げる。

「やめ……っ」

もう駄目だ。覚悟し、目を閉じた直後、貴良は耐えられずに達し、白濁した液を冴木の手の中に飛ばしていた。

「いい、顔だ」

クスリ。

冴木の笑う声が貴良の耳に響く。

「……どこが……」

きっと情けない顔をしていたに違いない。からかうのもいい加減にしろ、と貴良は未だに自分を組み敷き続けていた冴木を睨み上げた。

「その目がいいんだよ」

冴木が笑い、唇を寄せてくる。

「ふざけるな」

「ふざけちゃいない。なあ、キスしようぜ」

「いやだ」

「どうして？　お前の唇は心地いい」

「俺は違う」

「違わないはずだ」

「勝手に決めるなよ」

言い返した貴良の唇に冴木が唇を押し当ててくる。

「よせよ」

「キス、好きだろう？」

「好きじゃない」

反射的に言い返しはしたものの、自分の胸に少しも嫌悪感が芽生えないことに、貴良は戸惑いを覚えていた。

「好きなはずだ」

「だから勝手に決めるな」

「それにしても、これですんだことに感謝するんだな」

「え？」

意味がわからず、問い返した貴良に対し、冴木が呆《あき》れた目を向けてくる。

「だいたいな、お前、自分がいい思いしかしてないだろう？　そこに気づけよ」

「あ……まあ、そうか」

貴良も知識としては、男同士のセックスが何をどうするのか程度のことは知っていた。自分に置き換えてみたことはなかったものの、正直勘弁と思っていた行為は今のところ免れている。

「……なぜだ？」

腕力ではかなわない。組み敷かれたら受け入れざるを得ないであろうことは容易く想像がつく。その気はないのかと問い返した貴良に対する冴木の答えは、わかるような、わからないようなものだった。

「恋したからだ。お前に」

「……恋……」

からかわれているのだろうか。眉を顰め、問いかけた貴良は、再び唇を塞がれそうになり慌てて顔を背けた。

「よせ」

「なんだ、素直じゃないな」

冴木がようやく、貴良の上から退《の》いてくれる。やれやれ、と視線を戻した直後、再び覆い被さってきた彼に唇を塞がれた。

ふざけるな、と思わず拳《こぶし》を腹に打ち込んでやろうと突き出す。が、そのときにはもう、冴木はベッドを降りていた。

「じゃじゃ馬だな、本当に」

だがそこがいい、と冴木が貴良にウインクする。

「また明日、会おう」

「明日？　なぜ」

なんのために、と起き上がりながら貴良は、乱れた服装を整え、早くも部屋を出ようとしている冴木のあとを追う。

「言っただろう？　恋したと」

「………」

振り返った冴木に抱き寄せられそうになり、慌てて身体を引く。と、冴木はそんな貴良を見て、ぷっと噴き出すと、

「それじゃあな」

と笑いながらドアを開き、玄関へと向かっていった。

「待てよ、おい」

この態度を見ると『恋をした』という言葉がふざけているとしか思えない。まあ、最初から本気にしてはいないが。一言文句を言ってやりたくてあとを追ったが、冴木はもう振り返ることなくドアを出ていってしまった。

「………まったく……」

鍵《かぎ》をかけ、部屋に戻ろうと思うも、屈辱的な思いをした自室に入ることに抵抗を覚えリビングへと向かう。

机の上に飲みさしの缶ビールがあるのに気づき、取り上げて一口飲んでみた。

「温《ぬる》い……」

どさ、とソファに座り、文句を言いながらももう一口飲んだ貴良の目に、テーブルの上にいつの間にか置かれていた二つ折りの紙片が飛び込んできた。

「？」

なんだ、と取り上げ、開いてみる。

「………」

それは古い新聞記事のコピーで、もしや、と読み進み、予想どおり真木の父親、神田秘書が収賄の罪を悔いて自殺した事件のものであることを確認した。

「いつの間に……」

残していったのは、冴木に決まっていた。まったく気づかなかった、と紙をテーブルに放ったあとに、再び取り上げ頭から読んでいく。

真木の父親もまた杉代議士の秘書で、しかも『身代わり』と思われる働きをしていた。これは果たして偶然か。偶然のわけがない。しかし『必然』である根拠もない。

明日、本人に父親のことを聞いてみよう。そうだ、警察はこのことを把握しているんだろうか。斎藤警視にも確認し、当時のことを調べてもらおう。

もしかしたら『自殺』ではなく、『殺人』だったかもしれない。

「……あ……」

美波が杉に張り付いていた、その内容について警察は、暴力団との癒着ではないかと見ていた。確証はないものの、今までにも何度か週刊誌に書かれたことがあったからだが、もし、美波が追っていたのが二十年前の真木の父の件だとしたら？　もしそれが『殺人』だという確証を摑み、記事にするつもりだったとしたら？

それを阻止するため、美波は殺され、その罪を真木に着せようとしたのは、真木が美波の協力者だったから——では？

「復讐《ふくしゅう》……か？」

そのとき貴良の頭に閃《ひらめ》いたのは、その二文字だった。

まさか。いや、あり得る。ああ、早く真木に確認したい。明日、朝一番に拘置所に向かうとしよう。

興奮を収めようと貴良は、手の中にあった缶ビールをごくごくと呷《あお》った。気の抜けたビールは少しも美味《うま》いものではなかったが、それをまるで感じないほどに貴良は、新たな顔を見せ始めた事件について考えることに夢中になっていた。

8

翌朝、東京拘置所に向かうべく自宅を出た貴良《きら》の携帯が着信に震えた。

「?」

ディスプレイに浮かんだ名を見て、眉を顰める。電話をかけてきたのは拘置所のあと訪れようとしていた新宿署の斎藤《さいとう》警視だった。

「はい、貴良です」

なんの用だろうと思いつつ、応対に出た貴良の耳に、らしくなく動揺した様子の斎藤の声が響いてきた。

『ああ、貴良さん、美波《みなみ》殺害の件ですが、先ほど真犯人が自首してきました』

「えっ? 真犯人ですって?」

予想だにしていなかった斎藤の言葉に思わず貴良は大声を上げてしまった。通行人がびっくりした様子で貴良を振り返る。

それで少し我に返ることができた貴良は声を潜め、携帯の向こうの斎藤に問いかけた。

「『真犯人』と仰《おつしや》いましたが、信憑《しんぴよう》性はあるんですか、その人物が犯人だという……」

『ええ、凶器のナイフも持参していますから、まず間違いないでしょう。誰だったと思います？』

「……え……？」

そうして聞いてくるということはまさか、自分の知る人物なのか、と驚きつつも貴良は、一刻も早く正解を得るため問いかけた。

「誰なんです？」

『杉《すぎ》代議士の第一秘書をしている田口《たぐち》です。美波が杉代議士を誹謗《ひぼう》する記事を書こうとしていることに腹を立てての犯行だと本人は言ってます。ただ、杉代議士はまったく関与していないと。あくまでも自分の一存で行ったことだと主張しています』

「……すみません、これからそちらに向かっていいですか？　詳しい話を聞かせてください」

わけがわからない。その一言に尽きた。急転直下もいいところである。まずは正確な情報を集めねば、と貴良は斎藤の時間をもらえないかと申し入れたのだが、斎藤の答えは、

『申し訳ありませんが今はちょっと』

という拒絶だった。

『早速マスコミに嗅《か》ぎつけられまして、間もなく記者会見を開くことになり、その準備でおおわらわ……という状態でして』

「そう……ですか」

確かに著名な代議士の第一秘書が殺人の罪で逮捕となれば、マスコミも放っておかないだろう。今現在、第二秘書が逮捕されていることはマスコミには伏せられているが、それがわかれば更に騒ぎは大きくなるに違いない。

『申し訳ありません。夕方には色々落ち着いていると思いますので……』

『おおわらわ』であるにもかかわらず、きっちり連絡を入れてくれた斎藤への礼節を忘れてはならない。電話の向こうで申し訳なさそうな声を出す彼に貴良は、

「本当にありがとうございました。夕方にでも寄らせていただきます」

と丁重に礼を言い、電話を切ろうとした。が、これだけは聞いておきたいと思いつき、

「すみません、一つだけいいですか？」

と電話を握り直す。

『一つと言わずいくつでもいいですよ』

忙しいはずの斎藤がそう答えてくれたのをいいことに、貴良は遠慮なく問いを重ねていった。

「田口秘書が今自首してきた理由はなんでしょう。そもそも彼は最初から美波を殺すつもりだ

ったんでしょうか」

『殺意はあったと認めていますね』

「あと、最初から自分の罪を真木《まき》さんに着せるつもりだったんでしょうか？」

『その意図はなかったそうです。実際のところはわかりませんが』

「そうですか……」

いよいよ裁判がはじまるにあたり、良心の呵責《かしゃく》に耐えかねて——ということなのだろうか。それにしても妙なタイミングだ、と内心訝《いぶか》しく思いながらも貴良は、

「お忙しい中、ありがとうございました」

と斎藤に礼を言い、電話を切った。

暫しその場に佇《たたず》み、頭の中を整理しようと試みる。取りあえずは予定どおり、真木のもとへと向かうことにし、再び貴良は歩き始めた。

第一秘書の田口が逮捕されたことを知らせてやろう。拘置所を出る手続きはどうなっているのか。第一秘書が自首したのが斎藤の言葉どおり『今』だとすると、まだそこまで手は回っていない可能性が高い。すぐにも出してやりたいが、それにしても、と、どうしても己の心が沈むのを貴良は抑えられないでいた。

弁護を担当している真木の無実が明らかになったのだ。喜んでしかるべきだと思うのだが、

手放しで喜べないのは、真犯人が自首してきた今というタイミングだった。

真木の父が二十年前に杉の身代わりとなって収賄の罪を引き受け、自殺を図ったと自分が知ったのが昨日である。そして夜が明けると唐突に真犯人が登場していた。

考えすぎだと、何度も自分に言い聞かせた。真木の父が亡くなったのが昨日であるというのならともかく、その事実は二十年前から変わらない。単に自分が知ったのが昨夜だったというだけで、それと真犯人の自首した時期がほぼ重なったことにはなんの意味もない——のだろう。だが、それが『偶然』とはやはり貴良には思えないのだった。

「しまったな……」

先ほどの電話で斎藤に、警察は真木の父親について把握していたかと確認をすればよかった、と思いついた貴良の口から言葉が零《こぼ》れる。

知っていたら斎藤であれば、貴良に明かしていた気もする。ありとあらゆる資料を彼は提供してくれていた。だが真犯人が逮捕された今、それを警察に明かしたところで『それで?』と問われて終わる気もする。

晴らそうにも胸の中のもやもやは、失せてはいかない。真犯人逮捕について、真木はどんなリアクションを見せるだろう。それを見ればこのモヤモヤも晴れるだろうか、と貴良は真木の顔を思い浮かべた。

ともあれ、無実の人間が救われるのだ。冤罪《えんざい》に泣く人が出ずにすむのはやはり喜ばしい。真木の顔を見たらまず『よかったですね』と安心させてやろう。さぞ喜ぶだろうからその喜びを共に祝おう。

その上で、父親のことを確認してみればいい。今更、と思われるかもしれないが。

乗り込んだ地下鉄は混雑していて、車両の奥へと押し込まれた貴良の思考はラッシュの人混みに揉《も》まれ、暫し中断した。

座席前のつり革に辿《たど》り着き、摑む。暗い窓ガラスには、自分の顔が映っていた。眉間《みけん》にくっきり縦皺《たてじわ》が刻まれているその顔は、とてもこれから無実の人間に対し、冤罪が晴れたという喜ばしい報告をしにいく弁護士の顔とは思えなかった。

笑顔だ、笑顔。心の中で呟き、強いて笑みを浮かべる。と、貴良の隣に立っていた若いサラリーマンの、ガラスに映る顔があからさまに動揺したものとなり、恥ずかしそうに顔を伏せてしまった。

いや、あの、あなたに笑いかけたわけではないので、と、貴良はさりげなくサラリーマンとは逆の方向へと視線を向けたのだが、そのとき彼の視界を見覚えのある男の顔が過《よ》ぎった。

相手もまた、貴良に気づいたらしく、慌てた様子で顔を背けている。そういや彼の住居は自分と近かったのだった、と貴良は、視線の向こうで必死に知らぬふりを貫こうとしている操《みさお》から目を逸《そ》らせた。

操や近藤《こんどう》所長に、担当していた真木の弁護は必要なくなった旨、連絡を入れたほうがいいだろうか、という考えが貴良の頭を過ぎる。

自宅で謹慎しろ、仕事は事務所の人間が引き継ぐ、と言ってきたのを、操を脅すようにして――『ようにして』どころか、あれは『脅迫』としかいいようがない行為ではあったが――断り、弁護の継続を死守したが、その必要もなくなった。

いよいよ辞め時かもな、と溜《た》め息をつきかけた貴良の頭に、ふと、ある考えが閃く。

自分が弁護を継続すると無理を通したのもまた、昨日の出来事だった。

もしやそのことが真犯人の自首と関係しているのでは。それこそ偶然である可能性は高いのかもしれないが、思いついてしまったがゆえに貴良は操に確認を取らずにはいられなくなった。

車内は混雑していて操には近づけそうにない。あと数駅で事務所の最寄り駅に到着するので、そこで電車を降り、操に確認を取ってみよう。

そう心を決めたときに、地下鉄は次の駅に到着し、乗客がどっと降りたあと、新たにまたどっと乗ってきた。

貴良のちょうど前に座っていた女性が降りるのに、身体を横にし道を作ってやっていたりしたせいで、意識が逸れていたのだが、再び電車が動き出したとき、操の姿を求めて車内を見回した貴良は、彼が既に電車を降りていたことに気づき、愕然とした。

まだ事務所のある駅は先である。なぜ操は電車を降りたのか。アポイントメントがあったのかもしれないが、自分に気づいたからではないかとしか、貴良には思えなかった。

昨日の今日で、顔を合わせづらかった――という理由だろうか。それ以上の何かがある気がする。

貴良は一瞬、次の駅で自分も地下鉄を降り、操とのコンタクトにトライしようかと考えたが、まずは真木に話をし、そして話を聞くことだと思い直し、目の前の窓ガラスを見やった。

訝しそうに眉を顰めていたその顔の、眉間の縦皺が深まっているのがわかる。

自分のあずかり知らないところで、何か大きな力が働き、世の中ががらりとかわってしまった。そんな思いがふと貴良の頭を過ぎる。

考えすぎるな。いつもの通勤風景じゃないか。それに『世の中』は変わっていない。ルポライターの美波を殺した『真犯人』があがっただけだ。

真木にとってもよかった。そう考えようじゃないか、と己に言い聞かせる貴良の頭にはそのとき、接見でガラス越しに向かい合う際、常におどおどした様子で目を伏せていた真木の白い顔が浮かんでいた。

貴良はまだ真木は拘留中だと思っていたのだが、彼が訪れたちょうどそのとき、真木は拘置所の門を出るところだった。

「真木さん」

「ああ、貴良先生。連絡を入れようと思っていたんです」

貴良の姿を見るとなぜか真木は、一瞬驚いた顔になったが、すぐさま駆け寄ってきて深く頭を下げて寄越《よこ》した。

「真犯人が無事に逮捕されたとのことで、拘置所を出ることができました。今まで本当にありがとうございました」

「いや、そんな。私は結局何もできていませんでしたので……」

恐縮していた貴良だが、真木が「それでは」と再度頭を深く下げ、立ち去ろうとするのに気づき、慌てて彼の腕を摑んだ。

「お疲れのところ申し訳ないんですが、少々話を聞かせてもらえませんか？」

「え？　話といっても……」

目の前で真木が、困惑した表情となったあと、おずおずと口を開く。

「すみません、一度家に戻らせてはいただけないでしょうか。ちょっとその……休みたくて」

「拘置所ではゆっくり寝られなかったでしょうからね」

気持ちはわかる。だが貴良がここで粘ったのは、真木の態度に違和感を覚えたからだった。

「ほんの五分でいいんです。秋山《あきやま》先生にすぐ報告したいのですが、そのためにもあなたの今の心境を自分の耳で聞きたくて」

真木が絶対に断れないようにと、恩師の名を出す。真木はますます困惑した顔になったものの、やがて、渋りながらも了承してくれた。

「わかりました。でもそんな、お話しするようなことは……」

「すみませんね、それでは行きましょうか」

駅から拘置所までの間に、広めの喫茶店があった。常にさほど混雑をしていないその店でならゆっくり話が聞けそうである。そう考えながら貴良は喫茶店へと真木を連れていき、運良く客は一組もいなかったその店の奥まった席で向かい合わせに腰を下ろした。

オーダーをとりにきたマスターらしき髭《ひげ》の男に「コーヒー」と注文すると、真木は「僕もコーヒーで」と小さな声で告げたあと、ちらと貴良を上目遣いで見やった。

「ともあれ、よかったですね。真犯人が見つかって」

マスターがコーヒーを淹《い》れに行っている間にと、貴良は小声でそう言い、真木に向かって笑いかけた。

「はい。本当によかった……」

真木が心底安堵《あんど》したように息を吐く。

「真犯人が誰かということは警察から聞きました？」

「あ、はい……」

ここで真木が何かを言いよどむ。

貴良が覚えていた違和感は、自分が釈放されたことに対して真木が、なんの情報をも貴良に対し求めてこないことだった。

誰が真犯人だったのか。どうした経緯でわかったのか。そうした説明を聞きたがらないほどに疲れている、ただただ無実の罪で裁判にかけられずにすんだことに安堵して、誰が犯人だったかまでに興味を感じていない——それらの可能性はないでもなかったが、真木と面談を重ねてきた結果、得ていた彼の人物像とそうした思考は相容《あいい》れない気が貴良はしていたのだった。

警察がなんの事情も話さず釈放をするわけがない。それにしても釈放が早すぎやしないか。記者会見が行われれば事件の概要が明らかになり、今現在真木が拘置所にいることが知られるだろうから、それより前に、とでも思ったのだろうか。そう考えた貴良の頭に、ピンと閃くものがあった。

「警察からではなく、杉代議士の事務所から連絡があったと……そういうことですか？」

貴良の言葉を聞き、真木が一瞬、怯《おび》えたような表情となる。が、すぐに彼は目を伏せ、

「はい」

と頷いてから説明を始めた。

「第一秘書の田口さんが自首をしたことを迫田《さこた》さんが——同じ秘書部の同僚ですが——知らせに来てくれたのです。動機についても聞きました。きっとマスコミが騒ぐだろうからと、杉先生が警察に働きかけて釈放を早めてもくれました。無実の罪で逮捕された僕に対して事務所はとても、なんていうか……同情的で、なのでそうして色々と動いてくれたのだと思います」

「……そうでしたか」

相変わらず真木はおどおどとしている。だが昨日までの彼と今日の彼は、うまく表現できないが何かが違う気がした。

それはなんなのか。ますます胸の中で膨らむ違和感を持て余しつつ貴良は、その答えを得るべく、本来なら今日ガラス越しに向かい合いながら真木に問うはずだった質問を投げかけてみることにした。

「真木さん、今更ではあるのですが、あなたの父親がかつて杉代議士の第一秘書で、収賄の罪を悔いて自殺なさったというのは本当ですか？」

「えっ」

その瞬間、真木の口から大きな声が発せられ、貴良の目の前で白いその顔からますます血の気が引いていった。

「…………」

この調子だと答えは『イエス』に違いない。それにしても、唐突に亡くなった父親のことを持ち出されたにしても、驚きすぎではないのか、と訝しく思っていた貴良の前で、真木が弱々しく頷いた。

「そのとおりです……が、それがどうかしましたか？」

弱々しいながらも真木の口調にもその表情にもはっきりと、貴良に対する拒絶が現れていた。

「お気を悪くされたのなら申し訳ない」

一応の謝罪をすると真木は、

「いえ」

と俯《うつむ》きはしたものの、すぐに小さな声で言葉を続けた。

「……………父のことをなぜ先生が持ち出されたのかはわかりませんが、今回の私の誤認逮捕と父についてのあれこれは、なんら関係ありません」

失礼します、とそのまま真木が立ち上がろうとする。

「真木さん」

ちょっと待ってください、と貴良もまた立ち上がったそのとき、店のドアについていたカウベルがカランカランと高らかに鳴り響いた。

客が来たのだろうというくらいの認識しかなかった貴良は、荷物を手に一礼し、立ち去ろうとしていた真木の前に立ち塞がり、それを制しようとした。

「すみません、もう少しだけ、話を聞かせてください」

「お聞かせするような話はありません。僕はもう釈放されましたし、弁護士の先生のお手を借りるような状況では既にありませんので」

要はもう、お役ご免だということを物凄《ものすご》くソフトに、だがきっぱりと告げた真木は、貴良を押し退けるようにしてドアへと向かおうとした。

「真木さん、ちょっと……っ」

あとを追おうとしつつ、机に置かれた伝票を手にした貴良の背後で、真木が足を止めた気配が伝わってきた。

振り返った貴良の目に、見覚えがありすぎる男の顔が飛び込んでくる。

「な、なんなです、あなたは……っ」

真木の怯えを感じさせる、震えた高い声が店内に響く。

彼の前に立ち塞がり、退路を塞ぎつつも、視線を彼越しに貴良へと向け、にやりと笑いかけてきたのは——冴木《さえき》だった。

「どうしてここに……」

真木が恐れるのも当然の、迫力ある眼光の鋭さと、ぞっとせずにはいられないその笑みを前に、貴良の口から思わず疑問の声が漏れる。

が、すぐに貴良は、邪魔をされては大変、という思いから真木へと近づき、彼の隣に立って冴木を睨んだ。

「理由はどうでもいい。出ていってくれ」

「出ていけ？　ここはお前の店か？」

冴木が大仰に目を見開き、店内を見回す素振りをする。カウンターの奥では店のマスターが真っ青になって震えていた。

「邪魔をするなと言ってるんだ。お前がいたら話にならない」

視線を真木に向けると、彼もまた青ざめた顔で立ち尽くしている。まったくもう、と溜め息を漏らしはしたものの、一応真木の足を止めてくれたことはありがたい、と内心思いながら貴良は真木の腕を摑んだ。

「真木さん、申し訳ないがもう一度座ってはもらえませんか」

「え……っ……いや、それは……っ」

途端に真木は我に返った様子になると首を横に振り、貴良の手を振り払った。

「も、もうお話することはありません……っ」

そのまま駆け出そうとする真木の前に、再び冴木が立ちはだかった。

「話はこれからだろう?」

「け、警察を呼ぶぞっ」

真木の悲鳴のような声が店内に響く。

「おい、よせ」

手を貸してくれるつもりかもしれないが、無理強いはできない。それこそ警察でも呼ばれたらことだ、と貴良は冴木を止めようとした。

「なんだ、先生。先生は聞きたくないのか？　こいつからの自白を」

「は?」

何を言い出すんだ、と戸惑いから声を上げた貴良の耳に、動揺激しい真木の悲鳴が届く。

「きょ、脅迫する気かっ！　僕は無実だ！　け、警察を呼んでやるっ」

「呼びたいのなら呼べばいい。なんなら刑事たちの前で発表してやろうか？　お前が真犯人だということを」

「おい、いい加減にしろ」

まさに『脅迫』じゃないか。それもなんの根拠もない。警察を呼ばれて困るのは冴木なのではないか、と慌てていた貴良だったが、真木がただただ青ざめているその顔に違和感を覚え、思わず名を呼びかけていた。

「……真木さん……?」

「……わ、私は無実です。真犯人は第一秘書の田口さんだったんですよね。警察もそれを認めた。だから私は釈放されたんです。そうですよね、先生っ」

真木が貴良の腕に縋《すが》り叫んでくる。

「……真木さん、あなた……」

どうしてそうも動揺するのか。問いかける貴良に真木が何かを答えようとした、その声に被せ、冴木が口を開く。

「こいつは美波に金を握らせて、杉代議士が収賄にかかわっているという記事を書かせようとしていた。二十年前から今に至るまでの。そう、こいつの父親が罪を被せられて自殺した、そこをハイライトに」

「……え……?」

初めて耳にする情報に、貴良の口から戸惑いの声が漏れる。貴良の視線は我知らぬうちに真

木へと向いていた。

「……し、知らない……っ」

真木がいやいやをするように首を横に振る。酷く追い詰められている表情の彼はもう、余裕の欠片《かけら》もないように見えた。

「知らないはずはないだろう。美波はお前から貰《もら》った金を吉原《よしわら》の高級ソープ嬢に貢いでいた。彼女に奴はあれこれ漏らしていたぞ。美人の第二秘書が杉を陥れようとしている。成功した暁には一本——一億、手にすることができる、と」

「……一億……」

美波の恋人は六本木《ろっぽんぎ》のキャバ嬢ではなく、吉原のソープ嬢だったことにまず驚き、続いて一億という金額に驚く。そんな法外な金を、と思わず見開いた貴良の目が映しているのは、真木のどこか呆然《ぼうぜん》としていた顔だった。

「しかしその美波がお前を裏切り、杉代議士側についた。お前はそれが許せなかった。だが殺人を犯す気はなかった。最初から殺すつもりだったらもうちょっと手際よくやっただろうからな。弾《はず》みで殺してしまった。そんなところだろう。違うか？」

たたみ込むようにして問いかける冴木が、ここで言葉を止める。

「し、知らない……っ」

反論する真木の声は、弱々しいものだった。

「知らないはずはない。美波を殺すことができたのは物理的にもお前だけだ。だからこそ逮捕された。最初、罪を認めたのは実際、自分だったからだろう。だが起訴されるにあたり、一転して無実を主張しはじめた。その理由は……そうだな、マスコミの目を集めるため……裁判の際に、自分の父親の自殺を杉の仕業と知らしめようとした。違うか？」

「…………」

冴木の指摘に対し、真木は何も答えない。だが彼の目が怯えているとしか見えないことから貴良は、冴木の言葉が真実であることを認めざるを得なくなった。

「なんだ、当たっているみたいだな」

ふふ、と冴木が真木に笑いかける。

「ち、ちがう……っ」

今更の否定の言葉を口にした真木を前に、冴木がさも馬鹿にしたように笑う。

あまりにリアリティのない真木の否定の言葉を聞く貴良の胸には、空しいとしかいいようのない思いが込み上げつつあった。

9

「し、知りません。言いがかりはやめてください」

このあたりで真木《まき》はようやく、自分を取り戻してきたようだった。

「私は無実です。罪を認めてしまったのは、取り調べの厳しさに音を上げたからです。でも、実際僕はやっていない。だから無実を主張しましたし、貴良《きら》先生に弁護をお願いしたんです。美波《みなみ》さんを殺してなどいません。誹謗《ひぼう》中傷はやめてください」

きっぱりと言い切り、真木が冴木《さえき》をキッと睨む。ヤクザを睨むだけの度胸を今や彼は身につけていた。

「失礼します」

そのまま店を出ようとする彼の腕を貴良は摑み、足を止めさせた。

「放してくださいっ」

真木が貴良の手を振り払う。

「誹謗中傷なんでしょうか。果たして。あなたが美波を殺したのが事実なら、どうして真犯人が自首してきたんですか？」

だが貴良がそう問いかけると真木は、ぐっと言葉に詰まったように黙り込み、ただ彼を睨んできた。

「それは……真犯人に聞いてください」

弱々しく言い切り、立ち去ろうとする真木に対し、貴良は思わずその背に叫んでしまっていた。

「本当にあなたは無実なんですか？　秋山《あきやま》先生に胸を張って言えますか？」

恩師の名を出した貴良の声を聞き、真木の足がぴたりと止まる。

「言えないはずだぜ。お前は実際、手を下している」

真木の代わりとばかりに、冴木が淡々とした口調で話し出す。

「…………」

貴良は実際、真木の口から否定の言葉を期待したのだが、彼がその言葉を告げることはついぞなかった。

「……杉《すぎ》代議士側から、何か申し入れがあったんですか？」

答えを引きだそうと貴良が問いを重ねる。彼に答えを与えてくれたのは冴木だった。

「杉は次期総理の座を狙《ねら》っているからな。スキャンダルは極力避けたかったんだろう。二十年前の第一秘書の自殺を掘り起こされたくなかった……ということはおそらく」

「『自殺』じゃなくて他殺……？」

問い返した貴良に対し、冴木は肩を竦めてみせただけだった。

「真木さん」

真実を——弁護人としては依頼してきた人間にとっての『真実』を知りたかった。それで問いかけた貴良の目の前で、真木が、相変わらず追い詰められた表情のまま、口を開く。

「……貴良先生、弁護士には依頼人にとって不都合なことは明かしてはならないという守秘義務がありますよね？」

「…………真木……さん」

そう確認を取ってくるということは即ち、罪を認めているということなのだろう。察した貴良の口から深い溜め息が漏れた。

「失礼します」

貴良と目を合わせないようにしつつ、真木がその場を立ち去ろうとする。

「正直……失望しました」

このような泣き言は言うまいと思っていたにもかかわらず、貴良は思わずそう、真木に声をかけてしまっていた。

「あなたに……何がわかるっていうんです」

　押し殺したような低い声が、真木の口から発せられる。

「……わかりません。それを聞きに来たんです。あなたのお父さんのことを知ったとき、てっきり私は、あなたは復讐するつもりで杉の懐に飛び込んだのだとばかり思いました。長い間、父親の敵を討《う》つ機会を、息を殺して狙っていたのだと」

　貴良の言葉を真木は俯いたまま聞いていた。いつしか彼の足は止まっていたが、彼が顔を上げ、何か言葉を発するような気配はなかった。

「ルポライターの美波さんを抱き込んで、杉代議士の暴露記事を書かせようとしたのは、機が熟したから……しかし美波さんが裏切り杉代議士側についたことで復讐の機会を逸してしまった。だから美波さんを殺し、裁判で杉代議士の過去の収賄やお父さんの殺害についてぶちまけようとした……そこまでは理解できます」

　それが正しいかどうかはともかく、と心の中で呟き、貴良は真木を見つめた。真木は相変わらず顔を伏せたままである。

「でも……その先がわからない。杉代議士はあなたの口を塞ぐために、第一秘書を身代わりに立てることをあなたに申し入れてきたのでしょうが、なぜあなたはそれを受け入れたんです？

杉代議士にあなたが懐柔された、その理由を教えてはもらえませんか？」

「……私は犯人ではないからです。懐柔されたわけではありません」

真木はそう答えたあと、ようやく顔を上げ貴良を見た。貴良もまた真木を見返す。

「……そう答えるしかありません」

先に目を逸らせたのは真木だった。まるで独り言のようにぼそりとそう告げると、

「失礼します」

と頭を下げ、踵《きびす》を返した。

「今後も杉代議士のもとで働き続けるのですか」

その背に貴良が問いかけたのは、やりきれない思いのぶつけどころを見失っていたためだった。

批難したい、というより、貴良は真木を思い留《とど》まらせたかった。犯した罪は消えないのだ。償うことをしなければ、背負う罪の重さはこの先一生かわらない。

いつか、後悔するときが必ず来る。だから――という思いは、だが、真木には伝わらないようだった。

「いえ。もう政治の世界からは離れようと思っています。養父母の住む長野《ながの》に戻り家業を継ぐつもりです」

背を向けたまま真木はそう言うとドアを出ていこうとした。

「また冤罪を生むことになりますよ」

最後に、と貴良はそう声をかけたのだが、真木は振り返りはしなかった。

「あなたの罪を他の人が背負う。当人が納得しているからといって、それでいいと、あなたは本当に思っていますか?」

貴良が訴え続ける間に真木が店を出ていく。貴良の声は途中から、カランカランと鳴り響くカウベルの音にかき消された。

「…………」

堪えようにも堪えきれない溜め息が貴良の嚙《か》みしめた唇から漏れる。

「……まあ、元気を出せ」

そんな貴良の肩を冴木はぽん、と叩《たた》くと、顔を向けた貴良に対し、ニッと笑いかけてきた。

「ひっくり返したいのなら、そうしてやってもいいぜ。警察にはちょいと顔が利くからな」

「……いや……」

それはいい、と貴良は首を横に振り、また、はあ、と溜め息を漏らした。

「先生の正義の心が納得できないんじゃないか?」

揶揄《やゆ》していることがありありとわかる口調の冴木に対し、むっとする気力が、今の貴良にはなかった。

「……復讐心を肯定するわけじゃない。そのために罪を犯そうとしているのなら何を以てしても止めたと思う。彼から……真木さんから父親を殺された恨みが消えたことを喜ぶべき……なんだろうか」

言いながら貴良は、なぜ自分がそんなことを冴木に問うているのか、自身でも意味がわからなくなり、すぐさま首を横に振った。

「ああ、悪い。とにかく、もうこの件にはかかわらなくていいから」

「先生、人を殺したことがあるか？」

冴木が貴良の言葉に被せるようにし、唐突に問いかけてくる。

「え？」

なぜそんな問いを、と驚いて声を上げた貴良に冴木が、

「あるわけないよな。あったら弁護士なんてやってられないだろうし」

と笑う。

「お前はあるのか？」

何が言いたいのか、と貴良は訝りながらも冴木に問い返した。冴木はすぐさま口を開いたが彼が告げたのは貴良の問いへの答えではなかった。

「弾みで美波を殺してしまったあと、怖くなったんだろうよ、あいつは。殺したときの感触はいつまでも手に残っているし、殺された美波の断末魔の声がいつまでも頭の中で響いている……それを『なかったこと』にしようという申し出が杉からあり、奴はその申し出を受けた。あとは、そうだな。犯罪者としてこの先の人生を生きていくのはつらすぎると思ったのもあるかもしれない。今、奴は『犯罪者の息子』としての人生を歩んでいるだけに、な」

「…………」

まさか冴木が、真木の心理状態を分析してくれるとは思っていなくて、貴良はまじまじと彼の顔を見やってしまった。

「勿論、推察にすぎない……が、犯罪者の心理はお前よりはわかるつもりだ」

またも冴木は揶揄するような口調となり、にや、と笑ってみせる。

「…………多分、お前が言うとおりなんだろうな……」

『揶揄』が自分に対する優しさであるのは明白で、貴良は冴木に対し、礼を述べるべく口を開いた。が、それを口にするより前に冴木が話しかけてくる。

「傷心の先生を慰めてやろうか？　どうだ？　これからホテルにでもしけ込むか？」

「馬鹿か、お前は」

何を言っているんだか、と睨んだときにはもう、貴良の胸からは冴木への感謝の念が消えていた。

「ホテルは好きじゃない？　ならお前の部屋に行こう」

「行くわけないだろう。忙しいんだ。それじゃな」

言いながら貴良はコーヒー代を払うべくレジへと向かっていく。

「申し訳ありませんが今までの会話は……」

おどおどしつつも、好奇心溢《あふ》れる目を貴良へと向けてきたマスターに、他言無用をお願いしようとした貴良の背後から、冴木が凄みのある声をかけてきた。

「おい」

「青龍《せいりゆう》会の冴木だ。お前は何も見なかったし聞かなかった。わかるな？」

脅すな、と背後を振り返った貴良の耳に、マスターの怯えきった声が響く。

「も、勿論ですっ。私は何も知りませんっ」

「それでいい」

冴木が満足げに笑い、貴良の肩を抱いてくる。

「お前な……」

「さあ、先生の部屋に行こう」

強引に貴良の肩を抱き、冴木が歩き出す。

「行かないよ」

「照れなくてもいい」

「照れてるんじゃない。いやがっているんだ」

抵抗しようにも冴木には少しの隙もなく、結局貴良は彼に促されるがまま、いつもの黒塗りの車の後部シートに押し込まれてしまっていた。

「まったくもう、なんなんだ」

悪態をつく貴良の顔を、隣に乗り込んできた冴木がごく近くから覗き込む。

「先生を慰めたいと思ってね」

「慰めてもらわなくて結構。恩師にも連絡をしないといけないし、お前と遊んでいる暇はないんだ」

「なんだ、先生、元気だな」

「ああ、元気だよ。慰めてもらうような必要はない」

「それはよかった。それじゃ単に楽しもう」

「だから楽しみたくないし」

会話を交わしているうちに、貴良の胸からやりきれない思いが徐々に消えていく。それに気づいてはいたが、礼を言う気にはなれず、貴良は悪態をつき続けた。

車が貴良のマンションに到着する。

「さあ、行こう」

「どうしてお前も降りるんだ」

またも車から強引に引きずり出され、肩を抱かれた状態でエントランスに向かわされる。抵抗していた貴良だったが、冴木がごく当たり前のようにポケットから出したキーでオートロックを解除したことにはぎょっとし、思わず大きな声を上げていた。

「おい、いつの間に？」

「細かいことは気にするな」

「細かいことじゃないだろうっ」

勝手に部屋の鍵をコピーするなど犯罪だ、と怒声を上げた貴良に対し、冴木はどこまでも余裕の応対をして寄越した。

「恋人には部屋の鍵を渡すものだろう？」

「いつ、お前は俺の恋人になったんだ？」

「昨夜。抜いてやったじゃないか」

「抜いたくらいで恋人面するなよな」

「確かにそうだ。今日は最後までやらせてもらおう」

いた。

「最後ってなんだ」

口論しながら二人はエントランスを抜け、エレベーターに乗り込んで貴良の部屋を目指していた。

「まずは飲むか」

自身の持っていた鍵で貴良の部屋のドアを開いた冴木がそう笑いかけてくる。

「……飲んだら帰れよ」

部屋に上げた時点で、貴良は冴木と話をする気になっていた。今回の件について、彼の話をもっと聞いてみたいと思ったこともあった。

「シャンパンにしよう。お前の好きなヴーヴクリコを冷やしておいた」

だが冴木がそう言ってきたのには、勝手なことをするな、という思いから彼を睨み付けてしまった。

「住居侵入罪で訴えるぞ」

「覚えてないのか？　俺は警察には顔が利くんだ。お前の訴えなどすぐにも取り下げてみせるさ」

言いながら冴木は貴良の許しもなくキッチンへと向かうと冷蔵庫を開け、彼の言っていたヴーヴクリコとシャンパングラスを二客手にリビングへと戻ってきた。

る。

「ヤクザの脅しか」

優雅な仕草でシャンパンを開けはじめる冴木に、我ながら嫌みだと思いつつ貴良が声をかけ

「まあ、ヤクザだからな」

「警察に顔が利くなら、なんでもやり放題だしな」

言い捨ててから貴良は、ああ、違う、と首を横に振った。

「やり放題なのはヤクザだけじゃないか」

「杉代議士か？」

ほら、とシャンパンを注いだグラスを一つ、差し出してきた冴木がそう問いかけてくる。

「……復讐は、空しいとは思うんだ。やり遂げたところで死んだ人間は戻らない。そのために罪を犯すなんてことはするべきじゃないとは思う。でも……」

「わかるぜ」

グラスを受け取りながら言葉を続けていた貴良に対し、冴木が頷いてみせた。

「わかる？」

何が、と問い返した貴良は、返ってきた冴木の答えを聞き、本当に彼が『わかって』いるのだなと察したのだった。

「ああ、わかるよ。冤罪で、しかも殺された父親の恨みを忘れたのか……そこだろう？　お前がこだわっているのは」

「……まあ……そうかな」

　頷いた貴良に冴木が言葉を足してくる。

「恨みが昇華できたのならいい。だがそういうわけじゃないしな。結局あいつは父親が受けた仕打ちを、受け入れたことになったわけだ。そうさせることに対してあいつがあとあと気にしないでいられるのか、お前はそれを気にしてやってるんだろう？」

「買いかぶりすぎだ」

　それでは底なしの善人になってしまう。笑って首を横に振りながらも貴良は、自身の胸にほっこりとした明かりが灯《とも》るのを感じていた。

　冴木が正しく自分の胸中を読んでくることに対し、驚き以上に共感を覚える。

「そうか？」

　冴木が笑いながら貴良に向かい、右手を差し伸べてくる。

　頬《ほお》を包まれ、顔が近く寄せられる。自然と目を閉じてしまっていることに気づいたのは、冴木の唇に己の唇が塞がれたあとだった。

　不思議と嫌悪感はない。そのことに戸惑うと同時に、諦観《ていかん》めいた思いが込み上げてくる。

何を諦めようとしているのか、意識しないまでも貴良自身、よくわかっていた。

冴木に惹《ひ》かれつつある自分がいる。第一印象は最悪だった。何しろ彼はヤクザだ。半社会的勢力に属しているだけでなく、すぐに揶揄してくるし、人の神経を逆撫《さかな》でするようなことばかりを言ってもくる。

フェラを強いられたときも最悪だった。あんな屈辱は二度とご免だ。

それでも——なんだろう。こうも自分自身を理解してくれた人間がいただろうか、と思わしめた彼に心を許してしまっていることを、否定できなくなってきた。

「なんだ、いやがらないのか？」

塞いでいた唇を離し、冴木が微笑《ほほえ》みながら問いかけてくる。

「……いやがったほうがいいのか？」

そうするが、と答える自分の声に媚《こ》びを感じる。なんだこれは、と驚き、思わず身体を引こうとした、その背を冴木が抱き締めてきた。

「いいわけがない」

手からシャンパングラスを奪われ、そのままソファに押し倒される。

「なんだか弱っているところをつけ込んでいるみたいなのが気になるが、まあ、よしとするか」

言いながら冴木が覆い被さり、再び唇を塞いでくる。

確かに、通常の精神状態であれば、こうも易々《やすやす》と同性に組み敷かれることはなかっただろう。だが今は、何か縋《すが》るものがほしいのだ、と貴良は両手を上げ、冴木の背を抱き締めた。

唇を塞いでいた彼が、少し驚いたように目を開く。薄く開いていた瞼《まぶた》の向こうにその顔を見ることができた貴良がつい笑いそうになったのは、出し抜いた、との思いからだった。

競争意識とでもいうのか。やられてばかりはいられない、とどうしても考えてしまう。ゲームみたいな感覚だが、ゲームとまるで違うのは『リセット』ができないことだった。

一度受け入れたらもう、二度と拒絶はできない。わかっているはずなのになぜ、目を閉じてしまうのか。

理由はよくわからないままだったが、後悔はしないような気がした。キスが心地よいからかもしれない。しっとりとした冴木の唇が貴良の唇を覆い、彼の舌が少し開いてしまっていた唇の間から口内へと入ってくる。

己の舌を求め蠢《うごめ》くその舌の動きに、背筋をぞくりとした感覚が這い上ってきた。これはもしかして欲情だろうか。冴木にいかされたときのことが頭に、身体に蘇《よみがえ》り、肌が自然と火照《ほて》ってくる。

セックスを最後にしたのはいつだったか。恋愛感情のない相手との行為など、今までの貴良にとっては考えられないものだった。

今だって勿論、自分にとっては『あり得ない』ことである。となれば冴木に対して恋愛感情を抱いているのだろうか、と考えていたそのとき、いつの間に外されていたのかワイシャツのボタンの間から忍び込んでいた冴木の指先が貴良の乳首に触れた。

「……っ」

ぞわ、とした感覚に、身体がびく、と震える。直後に乳首を摘《つ》まみ上げられ、またも貴良の身体が震えた。

鼓動が速まり、息が上がってくる。自分の乳首に性感帯があるなど、知らなかった、と戸惑いを覚えていられたのも最初のうちだけだった。

「ん……っ……んん……っ」

乳首を弄《いじ》られ続けるうちに、キスで塞がれている唇の間から、堪えきれない声が漏れる。自分が喘《あえ》ぐなど、信じられない。まるで女じゃないか、と頭を抱えたくなっていた貴良は自身の唇を塞いでいた貴良の唇が外れ、首筋を伝って胸へと向かっていくのを薄く開いた目で眺めていた。

「や……っ」

ちゅう、と乳首を吸い上げられたあとに、軽く歯を立てられる。痛みすれすれのその刺激に、

自分でも驚くくらいの高い声が漏れ、貴良は思わず自分の唇を両手で覆った。

「我慢する必要はないぞ」

貴良の胸から顔を上げ、冴木がにやりと笑いかけてくる。相変わらず揶揄している口調にむっとし、言い返そうとしたが、視界に入った冴木の、唾液《だえき》に濡《ぬ》れた唇の煌《きら》めきに、一瞬、目が釘付《くぎづ》けとなった。

セクシー。その一言に尽きた。胸が酷くざわついている。なんだ、この感じは、と眉を顰めた貴良だったが、再び顔を伏せた冴木に強く乳首を嚙まれ、思考がままならなくなってきた。

「あ……っ……ん……っ……んん……っ」

冴木の手が貴良の身体を這い回り、やがて下肢へと向かっていく。ベルトを外され、スラックスを下着ごと脱がされ下半身もまた裸に剝《む》かれると、今更の羞恥《しゅうち》が込み上げてきて、貴良は顔を顰めた。

「どうした」

またも冴木が顔を上げ、貴良に問いかけてくる。

「いや……なんだか、恥ずかしくなった」

正直に胸の内を告げる貴良を見上げ、冴木は少し驚いたように目を見開いたあと、にや、と意味深な笑みを浮かべた。

「なんだ……？」

貴良の問いには答えず、冴木がやにわに下肢に顔を埋めてくる。

「おい……っ」

彼が雄を摑み口に含んできたのに、貴良は思わず声を上げた。熱い口内の感触に、一気に雄に血液が流れ込んでいく錯覚に陥る。

一瞬にして鼓動が跳ね上がり、汗が肌から吹き出す。カラカラに渇いた喉《のど》からは、今まで上げたことがないような淫《みだ》らな声が漏れてしまった。

「あぁ……っ……やっ……やぁ……っ」

強烈すぎる快感に、頭の中が真っ白になる。フェラチオされた経験がないだけに上手《うま》い下手《へた》の区別はつかなかったが、確実に冴木は上手いに違いないと思わざるを得なかった。

「もう……っ……あぁ……っ……もう……っ」

我慢できない、と背を仰《の》け反らせる。このままでは彼の口の中に出すことになる、と飛びそうな思考力を必死で働かせ、貴良は身を捩《よじ》って己のそれを冴木の口から出そうとした。

が、冴木は気づかないのか、貴良の雄を離そうとしない。

「でる……っ……から……っ」

それで貴良はそう告げ、冴木の髪を摑んで顔を上げさせようとした。と、冴木は目だけを上げ、にや、と笑いかけてくる。

「や……っ」

彼の手が貴良の雄を勢いよく扱《しご》き上げ、先端のくびれた部分を、尿道を舌が舐《ねぶ》り回す。意図的に自分をいかせようとしていることがわかり、いくものかと意地を張ろうとしたが、巧みすぎる冴木の口淫《こういん》はそんな貴良の我慢を吹き飛ばすに充分だった。

「あぁ……っ」

ついに耐えられず、貴良は達し、冴木の口の中に白濁した液を飛ばしてしまった。下肢のほうから、ごくり、とそれを飲み下す音が響いてきて、飲んだのか、と貴良は思わずまじまじと、未だに髪を摑んだままになっていた冴木の顔を見下ろしてしまった。

「痛いよ」

ようやく貴良のそれを口から出した冴木が笑いながら顔を上げ身体を起こす。

「…………」

貴良が摑んでいたせいで髪こそ少し乱れていたが、彼の服装は少しも乱れておらず、上半身はシャツの前がはだけている状態、下半身は丸裸、という情けない格好をしている自分とのギャップに、なんともいえない気持ちになる。

一体自分は何をしているんだ、という今更の思考が貴良の頭に浮かんだそのとき、冴木が自身の頭髪を指で整えながら口を開いた。

「フェラチオっていうのはこうするんだ。勉強になっただろう?」

「……悪かったな、下手で」

言われるまでもなく、冴木のようにはできてなかった自覚はあった。だが『勉強』する気はない、と言い返そうと、身体を起こしかけた貴良に、再び冴木が覆い被さってきた。

「お前は向上心があるからきっとすぐに上手くなる」

「……別に、上手くなりたくはない……って、おいっ」

貴良が慌てた声を上げたのは、冴木がやにわに自身の両脚を抱え上げてきたためだった。身体を二つ折りにされ、後ろが露《あら》わになる。

「どうした?」

冴木が目を見開き、貴良を見下ろす。

「何をする気だ?」

問いかけたあと貴良は、愚問だったかとすぐ気づき、冴木が答えるより前に新たな問いを発した。

「挿《い》れるのか?」

「なんだ、怖いのか?」

冴木が唇の端を上げて微笑み、揶揄する口調で問うてくる。

「………」

生来の負けず嫌いな性格から、『怖いものか』と言い返しそうになったが、結局貴良の口から声は出なかった。怖い、怖くない、で言えば、経験のないことゆえ怖くはある。男同士のセックスでは何をどうする、という知識はあったが、そんなところに入るものなのかという疑問は抱いていた。

しかもあの太さだ——貴良の脳裏に、一度フェラチオをさせられたときに見た、冴木の雄が蘇る。あんなものが入るようにはとても思えないが、だから『怖い』というのではなかった。

怖い、というよりなんというか——言葉を探しつつ、冴木を見上げていると、冴木はふっと笑い、貴良の脚を放した。

「……え……？」

貴良の上から退いた彼に手を引かれて上体を起こす。

「抱いてしまうのは簡単だが、まあ、今日は勘弁してやるよ」

立ち上がった冴木が、ソファに座る貴良の頭をぽん、と叩く。

「……え？」

最初、貴良は冴木が何を言ったのかがわからなかった。

「それじゃな」

再びぽん、と貴良の頭を叩き、冴木が踵を返す。

「ちょっと待ってくれ。どうして……」

呼び止めながら貴良は、自分がなぜ冴木の足を止めようとしているのかと、自身の言動に疑問を覚えた。

「どうして？　ああ、どうして抱かないのかって？」

冴木が肩越しに振り返る。

「そうだ」

「お前がその気になるまで待とうかと思ってな」

「……どうして」

再び理由を問うた貴良を見る冴木の目が笑みに細められる。

「言っただろう？　お前に恋をしたって」

「恋……」

またからかおうというのか、と眉を顰めた貴良の目に映ったのは、苦笑としかいいようのない冴木の顔だった。

「信じる信じないはお前の自由だ。お前の弱みにつけ込むような真似《まね》をしたくなかったから今日は帰る。それじゃあな」

「えっ？　ちょっと……」

　そのまま部屋を出ていく冴木の背に貴良は再び声をかけたが、冴木は足を止めず、そのまま玄関へと向かってしまった。

　貴良は慌てて下着やスラックスを身につけ、はだけていたシャツの前を合わせながら玄関へと向かったのだが、そのときには既に冴木は部屋を出てしまっていた。

「……かっこつけやがって……」

　閉まったドアの向こう、幻の冴木の姿を思い浮かべる貴良の口から、ぽろりとその言葉が漏れる。

　恋したから、その気になるまで待ってやる。すごい殺し文句だ。さすがヤクザ。アメと鞭《むち》の使い方が絶妙だ。いや、アメでも鞭でもないか。

　そんなことを考えている自分の口元にいつしか笑みが浮かんでいることに貴良は気づき、思わず手で口角の上がる唇を押さえてしまった。

　惚《ほ》れてしまうだろう。あれじゃあ。

「いや、惚れないけどな」

　心の中に浮かんだ己の言葉を打ち消す声にはあまりに説得力がない。

ああ、しまった。鍵を取り上げるべきだった。今度会ったときには必ず取り上げてみせる。

それより部屋の鍵を変えたほうが早いだろうか。

そんなことを考えながら、自分の足が少しも玄関から動かないその理由を貴良はしっかり把握していた。

『今度会ったときには』――次に冴木に会うのはいつになるだろう。

その日が早く来てほしいと自身が望んでいることを認める勇気は未だ持ち得ないものの、貴良の瞳は未だに扉越しに浮かぶ、幻の冴木の姿に注がれていた。


「おはよう、先生」

『今度会ったときには』――の『今度』は、翌日、という短いタームでやってきた。

近藤法律相談所に退職願を提出するため家を出た貴良のマンションの前に、冴木の黒塗りの車が横付けされていたのである。

「……暇なのか？」

毎日毎日、と呆れてみせながらも、自然と笑みが浮かんでしまう頬を引き締めていた貴良に冴木は「乗っていけよ」と車のドアを開いた。

「結構」

「近藤法律相談所に行くつもりだろう？　送ってやるよ」

「結構だ」

「まあ乗れ。それに今、そこに行くのはあまりお薦めできない」

「え？」

意味深な言葉が気になり、問い返す。

「乗れ。車で話す」

冴木が顎《あご》をしゃくり、自分の隣に乗り込むよう促してくる。

「……わかった」

渋々、という体を装っているのが恥ずかしくなってきた、と貴良は俯きながら車に乗り込み、自身でドアを閉めた。

「なぜ、今近藤法律相談所に行かないほうがいいんだ？」

走り出した車の中、冴木に問いかけた貴良は、帰ってきた答えに驚いたあまり、運転手がびっくりしてブレーキを踏むほどの大声を上げてしまったのだった。

「マスコミが押しかけている。暴力団『櫻風会《おうふうかい》』との癒着が新聞にすっぱ抜かれたからな」

「なんだって⁉」

キキ、と車が急停車し、運転手が慌てて謝罪の言葉を叫ぶ。

「す、すいやせんっ！」

「かまわん。安全運転を心がけろよ、宮部《みやべ》」

冴木のかけた言葉に運転手役の宮部は「へい」と返事をし、そろそろと車を発進させた。

「本当なのか？」

聞いてから貴良は、嘘を言うわけはないか、と思い直し、質問を変えた。

「お前がやったのか？」

「…………」

それには答えず、冴木が言葉を続ける。

「櫻風会と杉代議士の繋《つな》がりにもマスコミはすぐに感づくだろう。これから当分、どちらの事務所も騒がしいことになりそうだ。その関連で二十年前の秘書の自殺も記事になるかもな。どちらにせよ、次期総理の道は閉ざされるんじゃないか？」

「……それも、お前が……？」

問いかけた貴良に対し、またも冴木は答えではなく、他の言葉を返してくる。

「杉の未来が断たれたとわかれば、第一秘書は人殺しの汚名を着せられたままで納得するとは思えないよな」

「………どうして……」

そんなことをしたのか。問いかけた貴良は『答え』の予想をつけていた。

『恋したからだ』

その言葉を期待していたのがわかったのだろう。冴木がふっと笑い、口を開く。

「櫻風会がウチの組にあれこれちょっかいをかけてくるのがうざったくてな。一気に潰してやろうと思ったのさ」

「……そう……か」

拍子抜け。貴良がそう思ったのがわかったのか、冴木がぷっと噴き出す。

「勿論、お前の考えている『理由』がメインだよ」

「別に何も考えていないが」

言い返しながらも、頬に血が上るのを堪えることができないでいた貴良の肩を冴木が笑いながら抱いてくる。

「離せよ」

「照れなくていいさ。それより、なあ、先生、提案があるんだが」

「なんだよ」

それこそ照れゆえぶっきらぼうに言い捨てた貴良の耳許《もと》に口を寄せ、冴木が囁く。

「事務所を辞めたあと、どうだ？　ウチに来ないか？」

「ウチ？」

「ああ、ウチの組の顧問弁護士にならないか？」

冴木の誘いに驚いたあまり貴良は思わず、またも大声を上げていた。

「ヤクザの顧問弁護士になれって？」

「てめえ、なんてこと言いやがるっ！」

宮部が怒声を張り上げるのを、冴木が制する。

「いいから黙って運転しろ」

「しかし若頭《わかがしら》……」

宮部は不満そうにしていたが、冴木がバックミラー越しにじろりと睨むと途端に怯えた表情となり、それ以降は一言も喋《しゃべ》らなくなった。

「どうだ？　サラリーははずむぜ」

「断る。俺はまっとうな弁護士でいたい」

「冤罪を減らすために、だったな」

ふふ、と笑いながら冴木が貴良の肩をぽんぽん、と叩き、身体を離す。

「そうだ」

「青いな、先生」

「……悪かったな」

むっとし、言い返した貴良の肩を再び冴木は抱くと、近く顔を寄せ囁きかけてきた。

「そういう青いところに惚れたのかもな」

「…………だから……」

からかうな、と睨む貴良の頬に再び血が上ってくる。

「まあ、気長に口説くさ」

はは、と笑いながら冴木が貴良の肩をぐっと抱き寄せ、こめかみのあたりに唇を押し当ててくる。

「よせっ」

避けはしたが、実際、自分がそれほど嫌がっていないことに戸惑いを覚えていた貴良の頬には、自身では意識していないうちに笑みが——これから冴木との間で開けていくであろう未来への期待に満ちた微笑みが、しっかりと刻まれていたのだった。

あとがき

はじめまして&こんにちは。愁堂《しゅうどう》れなです。

この度は三十五冊目のキャラ文庫となりました『ハイブリッド～愛と正義と極道と～』をお手に取ってくださり、ありがとうございます。

本書は美貌《びぼう》の弁護士（でも中身は外見を裏切る超サバサバ系）と、一睨《にら》みで皆を震えさせる迫力満点のヤクザの若頭《わかがしら》（でもゲラ）の、二時間サスペンスチックなラブストーリーとなりました。

今回もとても楽しみながら、ノリノリで書かせていただきましたので、皆様にも少しでも楽しんでいただけるといいなとお祈りしています。

イラストをご担当くださいました水名瀬雅良《みなせまさら》先生、美しい貴良《きら》を、かっこよすぎる冴木《さえき》を、本当にありがとうございました！

表紙の冴木のサングラス越しの瞳に心臓射貫かれました。お忙しい中、今回も素敵なイラストをありがとうございました。

また、担当様をはじめ本書発行に携わってくださいましたすべての皆様に、この場をお借り致しまして心より御礼申し上げます。

タイトルの『ハイブリッド』は『異質なものが混ざり合う』というような意味合いでつけさせていただきました。このタイトルを考えている最中、やたらと都バスの車体に目が行ってました（笑）。

受の弁護士・貴良も、攻のヤクザ・冴木も、自分で言うのもなんですが（照）、本当に気に入っているキャラになりました。二人のやりとりを書くのが楽しかったです。皆様にも二人を気に入っていただけましたら、これほど嬉しいことはありません。

よろしかったらお読みになったご感想をお聞かせくださいませ。心よりお待ちしています！

また皆様にお目にかかれますことを、切にお祈りしています。

平成二十八年三月吉日

愁堂れな

（公式サイト『シャインズ』http://www.r-shuhdoh.com/）

この本を読んでのご意見、ご感想を編集部までお寄せください。

《あて先》〒105-8055　東京都港区芝大門2-2-1　徳間書店　キャラ編集部気付

「ハイブリッド〜愛と正義と極道と〜」係

■初出一覧
ハイブリッド～愛と正義と極道と～……書き下ろし

2016年4月30日　初刷

著者　愁堂れな
発行者　川田 修
発行所　株式会社徳間書店
〒105-8055　東京都港区芝大門2-2-1
電話　048-451-5960（販売部）
03-5403-4348（編集部）
振替　00140-0-44392

Chara

ハイブリッド～愛と正義と極道と～

……【キャラ文庫】

印刷・製本　図書印刷株式会社
カバー・口絵　近代美術株式会社
デザイン　百足屋ユウコ＋しおざわりな（ムシカゴグラフィクス）

ISBN978-4-19-900834-4

愁堂れなの本

好評発売中

[美しき標的]

イラスト✦小山田あみ

警護対象者は、たとえ悪人でも護りぬく——!!　各国のVIPから誘われるほどの美貌と、確固たる信念を持つ凄腕SP・卿《けい》。ある日、来日した某国の若く美しい大臣・レベルトの警護を任される。だがそんな折、捜査一課の刑事・小野島《おのじま》が突然現れ、「大臣は犯罪者だ。それでも護る気か!?」と怒鳴り込んできた!!　最初は無視していたが、決して権力に屈しない小野島に、卿の信念が揺らぎ始めて——!?

愁堂れなの本

好評発売中

「あの頃、僕らは三人でいた」

イラスト✦yoco

どうして居眠りする僕にキスなんてしたんだろう——？　高校時代からの親友・希実《のぞみ》に、ある日突然キスされた大学生の春《しゅん》。希実は美貌でクール、友人は選び放題なのに、なぜか春としか付き合わない。優越感と息苦しさの狭間で揺れていた時、英国からの留学生・ギルバートが春にアプローチしてきて!?　たった一つのキスが、青春の終わりの引き金だった——友情を失い恋を得る、切ない三人の運命!!

キャラ文庫最新刊

氷上のアルゼンチン・タンゴ

華藤えれな
イラスト✦嵩梨ナオト

年下のライバル・栄翔《えいしょう》に劣等感を持つ、日本スケート界のサラブレッド・紘夢《ひろむ》。ところが、栄翔と二人で海外合宿に行くことになって!?

ハイブリッド～愛と正義と極道と～

愁堂れな
イラスト✦水名瀬雅良

依頼者の罠にはまり、大ピンチに陥った美貌の弁護士・貴良《きら》。ヤクザの若頭・冴木《さえき》に窮地を救われるが、見返りに奉仕を要求されて!?

悪党に似合いの男

火崎 勇
イラスト✦草間さかえ

ヤクザの鬼塚《おにづか》に口説かれる日々を過ごす、闇医者の市井《いちい》。鬱陶しく思いつつも憎からず感じていたある日、鬼塚が人を殺したと聞き!?

5月新刊のお知らせ

杉原理生 イラスト✦yoco ［恋と錬金術師(仮)］
水無月さらら イラスト✦サマミヤアカザ ［時渡りの雨に濡れて(仮)］
吉原理恵子 イラスト✦笠井あゆみ ［暗闇の封印 邂逅の章］

5/27(金)発売予定